悪役令嬢は隣国の王太子に溺愛される11

ぷにちゃん

B's-LOG BUNKO
ビーズログ文庫

イラスト／成瀬あけの

Table of Contents

続編メイン攻略対象
アクアスティード・マリンフォレスト
留学中、ティアラを見初めた隣国マリンフォレストの国王。
悪役令嬢
ティアラローズ・ラピス・マリンフォレスト
アクアスティードに溺愛されている、元・ラピスラズリ王国のラピス侯爵家令嬢。
悪役令嬢は隣国の王太子に溺愛される
11
Characters

続編攻略対象
キース
マリンフォレスト王国にいる
三人の妖精王の一人。
森の妖精王。

初代ヒロイン
アカリ
乙女ゲーム「ラピスラズリの指輪」
のヒロイン（プレイヤー）。

ルチアローズ・
マリンフォレスト
アクアスティードと
ティアラローズの子ども。

ノーム
エルリィ王国にいる
土の精霊。

プロローグ

大切なもの

燃え上がる炎《ほのお》は上にいくほど白色に煌《きら》めき、パチリと小さな音がして、弾《はじ》けた炎は空中で形を作り——宝石に。

その炎は土の精霊ノームにとって、とても大切なもの。


カンカンと鉱石を打つ音と、息を切らす声。

『はぁ……っ、やった、最高傑作《けっさく》だ！』

キラキラとした瞳《ひとみ》で、完成した剣《けん》を手にする。それは見事な出来で、まさかここまでのものが作れるとは……と、ノームは感動する。

『ああ、鍛冶《かじ》はどうしてこんなに楽しいんだろう』

ずっとずっと、こうしていたい。

そう思ってしまうほど大好きで、きっと自分は鍛冶をするために生まれてきたのだ。

次は何を作ろう？　旅の準備をして、珍《めずら》しい素材を手に入れるために遠出してみるのもいいかもしれない。

どんどん、頭の中に作りたいものが溢《あふ》れ出《で》てきて止まらない。

『これも、炎霊《えんれい》の火のおかげだ』

ノームの視線の先にあるのは、白く立ち上る炎。この火を使い、鍛冶を行っている。自分の相棒と言っていいかもしれない。

『ボクは鍛冶が出来れば、ほかには何もいらないや』

鍛冶が好きな仲間はいるけれど、人間とはほとんど関わりを持たずに生活をしてきた。社交的ではないと、理解している。

けれど、鍛冶が出来るならば別に気にはならない。

『引きこもって、ただ鍛冶をしていれば――』

それでいい。

そう言葉を続けるはずだったのだが、視界に映っていた炎霊の炎が、ゆらいで、その火柱を小さくした。

眼前で起こったことが信じられず、ノームは目を見開く。

『炎霊の火が、消え……かけた？』

そんな馬鹿なと、ノームは自分の目を擦《こす》る。あれは疲《つか》れが見せた幻《まぼろし》のようなものだったのだ――と。

しかし、確かに炎霊の火は小さくなっていた。十メートルほどの高さまで炎が立ち上っていたのに、今は九メートルもない。

『そんな……ボクたちの命の火が』

どうにかして炎を復活させる方法を考えなければと、ノームはひとまず炎霊の下へと走り出した。

◆

『大地の力よ、消えかけた炎霊に火の力を――ああ、やっぱりボクじゃ駄目《だめ》だ。かといって、サラマンダーが協力してくれるはずがないし……怖《こわ》いし……』

ノームは土の精霊なので、自分で炎霊の火を復活させることは出来ない。それでも、もしかしたらという望みを抱《だ》いたけれど――やっぱり無理で。

『あーあ、ボクにもっと力があったらよかったのに』

ぽつりと呟《つぶや》き、ノームは炎霊の傍《そば》に寝転《ねころ》がる。下から見上げる火は美しく、ああ、なくしたくないと――そう思った。

炎霊の火が消えかけて、数年。

『大地よ、炎の光を持つものを見つけ、我が眼前に――っ、強い、火の魔力《まりょく》……!?』

ついにノームは、一筋の希望を見つけた。

第一章

消えた姫

マリンフォレスト王国という、妖精たちに愛されている大国がある。

可愛《かわい》らしいお姫様が誕生し、一年と数か月が過ぎた。まだ言葉は上手《うま》く喋《しゃべ》れないけれど、日々成長していく姿が愛《いと》おしい。


一歳の誕生日、王女――ルチアローズのためにと届けられた贈《おく》り物《もの》はとても多く、ティアラローズは整理するだけでも一苦労だったと苦笑《くしょう》する。

とはいえ、娘《むすめ》のために贈ってくれたものなのでとても嬉《うれ》しい。

贈り物は衣類、おもちゃ、食べ物と多岐《たき》にわたり、ルチアローズに必要なときに使わせてもらっている。

「あうぅ～」

「あら、プレゼントが気に入ったの？　全部、ルチアの一歳のお誕生日をお祝いして贈ってくださったものなのよ」

そう言って、プレゼントの箱に手をついて立ち上がろうとしている娘の手を取る。すると、とびきり可愛い嬉しそうな笑顔《えがお》を見せてくれた。

娘の手を取ったのは、ティアラローズ・ラピス・マリンフォレスト。

隣国《りんごく》ラピスラズリの侯爵《こうしゃく》家からマリンフォレストに嫁《とつ》いできて、現在は第一子となる王女ルチアローズの母。

ふわりとしたハニーピンクの髪《かみ》に、水色の瞳《ひとみ》。優《やさ》しい笑顔が可愛らしいが、今では母としての強い一面を見せることも多い。

そして、ここ──乙女《おとめ》ゲーム世界『ラピスラズリの指輪』の悪役令嬢《れいじょう》でもある。

愛され、すくすく育っている一人《ひとり》娘、ルチアローズ・マリンフォレスト。

濃《こ》いピンク色の髪と、金色がかったハニーピンクのつぶらな瞳。王城のみんなに可愛がられ、いつも笑顔で過ごしている。

サラマンダーの火の力を体内に宿していることもあり、生まれる前からその身に強大な魔力《まりょく》を持っていた。

魔力を使い、ぬいぐるみを自在に操《あやつ》ることができる。

ティアラローズは「上手ね～」と言いながら、自分の手でつかまり立ちをしたルチアローズのことをめいっぱい褒《ほ》める。

ルチアローズはまだ言葉を喋ることができないけれど、はいはいとつかまり立ちを覚えた。

なので、ティアラローズは心配で片時も目が離《はな》せない。目を離すとすぐに、はいはいでどこへでも行ってしまうからだ。

「あーうー！」

「きゃっ、ルチアっ！」

さっそく、ルチアがたっちをやめてはいはいモードに切《き》り替《か》わった。てててっとはいはいをし、部屋の中を動き回る。

どうやら、目的地は扉《とびら》のようだ。

ティアラローズが後を追いかけようと立ち上がると、扉がわずかに開いていることに気づく。

――あら？

どうやら、ルチアローズは開いていた扉が気になったようだ。

ルチアローズがはいはいで扉に辿《たど》り着《つ》くと、「ただいま」という優しい声とともに扉が開いた。

入ってきた人物はそのままルチアローズを抱《だ》き上《あ》げ、その頬《ほお》にキスをする。

「ただいま」

「おかえりなさい、アクア」

「あ～！」

帰ってきたのは、父親であるアクアスティード・マリンフォレスト。

ダークブルーの髪に、王の証《あかし》である金色の瞳。すらりとした体形だが、鍛《きた》えられた筋肉もほどよくついている。

ここ、マリンフォレストの国王だ。

ティアラローズとルチアローズのことをとても大切にしており、溺愛《できあい》している。

アクアスティードはルチアローズを抱いたままティアラローズの下へいき、優しく唇《くちびる》に口づける。ルチアローズがいるので、触《ふ》れるだけ。

「……甘い、ね」

「あ……」

「クッキー？」

ティアラローズはつい先ほどお菓子《かし》を食べてしまったことを見破られてしまい、口元を押さえて照れる。

　だってまさか、唇に味が残っているなんて思わなかったから。

「育児は疲《つか》れるからね、甘いものは大事だ」

「アクア……」

　なん十個でも食べていいと言うアクアスティードに、ティアラローズはふふっと笑う。さすがに、そんなに食べたら太ってしまうし、体にもよくない。

「でも、それを言うならアクアもでしょう？　お仕事、お疲れ様です。何か飲みますか？」

「そうだね……一緒《いっしょ》に飲もうか」

「はい」

　アクアスティードはルチアローズをソファに座らせて、上着を脱《ぬ》ぐ。すぐにティアラローズが受け取り、ハンガーへ。

「かけておきますね」

「ありがとう」

「飲み物と……あ、美味《おい》しいナッツブラウニーがありますよ。フィリーネが、街で人気のお店のを買ってきてくれたんです」

「それはいいね」

せっかくなのでアクアスティードと一緒に食べようと思い、まだ口にしていない。きっと今ごろは、フィリーネも家でエリオットと一緒に食べているだろう。

──うぅーん、アクアのお気に入りのワイン？　それとも、飲みやすいシャンパン？

何がいいだろうかと考えて、最近はワインを飲むことが多かったのでシャンパンを用意してみた。

ルチアローズの世話や授乳があるので、ティアラローズはシャンパンの代わりに白ぶどうのジュース。

──わたくしはナッツブラウニーがあるもの！

シャンパンもいいが、ナッツブラウニーはもっといい。

アクアスティードと二人、まったりとした雰囲気《ふんいき》を味わうことができれば、十分だ。

カットしたナッツブラウニーとシャンパンを準備して戻《もど》ると、ルチアローズがアクアスティードの隣《となり》で気持ちよさそうに眠《ねむ》っていた。

「あら、ルチア……いつもなら寝《ね》る時間だものね」

「先に寝室《しんしつ》へ連れて行こうか」

「はい」

アクアスティードはルチアローズを抱いて、寝室にある花のベッドへと寝かす。

妖精たちが作ってくれた花のベッド。

ベッドのマット部分が茎《くき》と葉を編み込んでできていて、装飾《そうしょく》に鳥の翼《つばさ》が使われている。そして心地《ここち》よく眠れるようにと、小さな海のさざ波の音が聞こえる。

なんとも至《いた》れり尽《つ》くせりなベッドだ。

「んにゅ～」

ルチアローズをベッドへ寝かすと、へにゃりと笑った。寝ぼけながらも、パパが傍《そば》にいてくれるということがわかるのだろう。

「ルチアは今日も楽しかったみたいだね」

アクアスティードがルチアローズの寝顔《ねがお》を見ながら微笑《ほほえ》むと、ティアラローズは「そうなんです」と少し疲れた表情で答える。

「はいはいをしているときなんて、絶対に目が離せませんからね。今日は机の脚《あし》にぶつかりそうになってしまって……フィリーネが大慌《おおあわ》てしていたんですよ」

「それは大変だったね」

ルチアローズの額を撫《な》でて、アクアスティードは「お転婆《てんば》なお姫様だ」と笑う。

しかし、それだけではないのだとティアラローズが言葉を続ける。

「しかも、あのぬいぐるみ……」

「あの？」

ティアラローズが言うあのぬいぐるみとは、ベッドの横に置いてある大きなクマのぬいぐるみのことだ。

ルチアローズが乗れそうなほど大きなもの。

「これはまた……すごいね」

しかし、このぬいぐるみは朝はなかったはずだとアクアスティードは首を傾《かし》げる。誰《だれ》からの贈り物だろうか。

「実はこれ、アカリ様から届いたルチアへのプレゼントなんです」

「アカリ嬢《じょう》から？　お礼を言わないといけないね」

「はい」

クマのぬいぐるみは首に大きなリボンをつけており、アカリの気合が入っているということがとてもよくわかる。

「でも、このぬいぐるみがどうかしたの？」

ちょっと豪華《ごうか》だけど、普通《ふつう》のぬいぐるみだ。

しかし、アクアスティードの言葉にティアラローズは首を振《ふ》る。

「ルチアがこのぬいぐるみにつかまって立ち上がったまではよかったんですが、背中に乗ったらぬいぐるみが歩き出してしまったんです……」

「ああ……」

なるほどと、アクアスティードは苦笑しながらクマのぬいぐるみに目をやる。

「……なんというか、アカリ嬢がその意図をもってぬいぐるみを選んだ気がしてならないよ。そういうのが、好きそうだ」

物心つくまではそういった危険がありそうな贈り物は、避《さ》けてもらえるとありがたいのだけれど……。

アクアスティードの言葉に、ティアラローズも同意する。

なので、ぬいぐるみは寝室に置いて日中は動かせないようにしてみた。

もちろん、ティアラローズに余力があるときはクマのぬいぐるみと一緒に遊んでも問題はないけれど。

ただ、はしゃぎすぎてルチアローズがうっかり怪我《けが》をしないかだけが心配だ。

ティアラローズとアクアスティードは部屋に戻り、さっそくナッツブラウニーとシャンパンで夜のゆったりとした時間を満喫《まんきつ》する。

「んんっ、美味しい！」

さすがフィリーネの選んだものだけあって、とても美味しい。

ティアラローズがにこにこしながらナッツブラウニーを食べていると、アクアスティードがじっと見つめてきた。

アクアスティードが手に持っているナッツブラウニーは、まだ手が付けられていない。

「食べないんですか？　アクア」

「……いや、ティアラの食べる姿を見ているのが楽しくて」

「～っ⁉」

まさかそんな返しをされるとは思っていなくて、ティアラローズの手が止まる。こんなの、恥《は》ずかしくて食べていられない。

「私のことは気にせず食べていいよ？」

「気にしますっ！」

「いつも見ているのに」

意識すると途端《とたん》に照れてしまうティアラローズが可愛くて、アクアスティードはどうしようかなと考える。

幸せそうに食べているところも、照れて食べられなくなっているところも、どちらも愛おしくて仕方がない。

「……アクアも食べてください。今度は、わたくしが食べているアクアを見ています！」

「それはまた……」

ティアラローズの提案に、アクアスティードはくすりと笑う。食べるのは別に問題ないけれど……どっちみち、結果は同じになりそうだと思う。

「じゃあ、ちゃんと見ていて」

「え……」

思いのほか乗ってきたアクアスティードに、ティアラローズはどきりとする。

こういうときは、絶対に何かを企《たくら》んでいると——長年の経験からわかってしまった。しかしもう、手遅《ておく》れだ。

アクアスティードがナッツブラウニーを口に含《ふく》み、視線をティアラローズへ向けてきた。

「……っ！」

「美味しいね」

ぺろりと唇を舐《な》めて、ナッツを噛み砕《くだ》く。たったそれだけの仕草を見ただけで、心臓がものすごい速さで脈を打つ。

ナッツブラウニーを食べているだけなのに、どうしてこんなに色っぽいのだろうと……逆にティアラローズが照れてしまう。

そんなティアラローズを見ながら、アクアスティードはもう一口分を手に取る。

「ああでも」

アクアスティードはそう言って、ティアラローズの頬に手を添《そ》える。

「二人で食べたら、もっと美味しいかもしれない」

「あ、あくあっ」

ナッツブラウニーを口に含み、笑みを浮かべた端整な顔が、どんどん近づいてくる。

どうにか逃《に》げようとしたティアラローズだったが、思いのほか強い力でアクアスティードに押さえつけられて動くことができない。

あっという間に、唇を奪《うば》われてしまった。

「ん……っ！」

しっとりしたブラウニーの食感《しょっかん》とブランデーの香りが口の中に広がり、動けなくなる。

ビターチョコレートのほろ苦いブラウニーのはずなのに、キスのせいでとても甘い。くらくらしてしまいそうだと、ティアラローズは思う。

アクアスティードの衣服にしがみついて、ティアラローズはふるふる震《ふる》える。こうでもしていないと、とろけてソファに倒《たお》れこんでしまいそうだ。

「アク、んっ」

耐《た》え切れなくなってティアラローズがナッツブラウニーを飲み込むと、アクアスティードが唇を離す。

「……ほら、二人で食べたら、もっと甘くて美味しい」

「〜っ！」

しっとりほろ苦い大人の味のナッツブラウニーだったのに、アクアスティードと食べただけで信じられないほどに甘い。

――食べている姿が見たいなんて、今後はむやみに言わないようにしなきゃ……。

そんなことを考えるけれど、別にティアラローズだって嫌《いや》だったわけではない。ただただ、恥ずかしかっただけで。

「ごめんね、ティアラを補充《ほじゅう》したくて」

アクアスティードが触れるような優しいキスをすると、ティアラローズは目を瞬《しばたた》かせて微笑む。

「……それじゃあ、仕方がないですね」

ティアラローズの言葉に、アクアスティードは「いいの？」と頬に触れる。

「わたくしも、同時にアクアを補給しますから」

触れてくる手にすり寄り、その気持ちよさに目を閉じる。ずっとこの時間が続けばいいのにと、そんなことを考えてしまう。

「まったく……ティアラは可愛くて困る」

「それを言うなら、アクアだってそうです」

格好良くて、でも可愛くて。

知れば知るほど、際限なく好きになる。止まらなくて、いつか爆発《ばくはつ》してしまうのではと心配になるほどだ。

「ティアラ……」

「アクア、ん……」

ゆっくり近づいてきたアクアスティードの優しいキスに、もう一度目を閉じる。

キスの合間に互《たが》いの手が触れて、指先を絡《から》め合わせる。じんわりと温かくなって、溶《と》けてしまいそうだ。

「……アクアの手、あったかい」

「ティアラの手も、あったかい」

二人で顔を見合わせて微笑んで、もう一度キスをした。

「はー、疲れた！　休憩《きゆうけい》だ‼」

「キースは探し物が下手というか……散らかしながらじゃないとできないの？」

ぐぐっと伸《の》びをするキースに、クレイルはやれやれとため息をつく。見ると、森の書庫の本たちはキースが読みやすいように大きく成長していた。

「でもまあ、知りたいことはだいたいわかっただろ。ティアラのところに行って、菓子でも食おうぜ」

「まったく……」

植物の本を管理下に置く、森の妖精王キース。

深緑色の長髪《ちょうはつ》を一つにくくり、前に流している。勝気な瞳は威圧感《いあつかん》があり、王の証である金色だ。

自由奔放《ほんぽう》で俺様な性格だけれど根は優しく、ティアラローズたちのことを助けてくれることが多い。

ティアラローズとアクアスティードの二人に祝福を贈っている。

キースの城にやって来ていた、空の妖精王クレイル。

空色の髪はきっちり切り揃《そろ》えられ、冷静な瞳は王の証である金色。落ち着いているけれど、パールのためなら女装もしてしまう一面もある。

アクアスティードに祝福を贈っている。

二人はルチアローズのために、キースの城にある『森の書庫』で精霊に関する情報を調べていた。

森の書庫の書物は膨大《ぼうだい》で、調べるだけで何日もかかってしまった。けれど、どうにか目的のものを見つけることができ、ほっとしている。

ルチアローズは、火の精霊サラマンダーの力をその身に宿している。

それもあって魔力の量が多いのだが、まだ小さいこともありコントロールすることが難しい。

また、その身に精霊サラマンダーの力を宿しているため、精霊に出会うと共鳴し、魔力が増大してしまう可能性がある。

現に、水の精霊ウンディーネゆかりのダレルと共鳴したときは大変だった。

成長とともに自分の魔力を増やし、その扱《あつか》いを覚えていければいいのだが、そうでない場合は——暴走してしまう可能性が高い。

それだけは、なんとしても防がなければならない。そのため、キースとクレイルは精霊に関しての調べ物をしていたのだ。

精霊の所在地を把握《はあく》し、下手にルチアローズと接触《せっしょく》することがないように。

「とはいえ、さすがに精霊関係は情報も少ないな。私たち妖精は特に関わり合いになることもなかったから、仕方がないかもしれないが……」

こんなことになるならば、関わりを持っておけばよかったとクレイルは思う。

そんなクレイルの様子に気付いたキースが、「過去はどうしようもねえだろ！」と一蹴《いっしゅう》する。

「今からだって、遅《おそ》くはないさ」

「キースくらい楽天的になれたらいいなと思うことがあるよ」

「お前な……」

そう言いながら、二人は転移して森の書庫を後にした。


場所は変わり、マリンフォレストの王城。

ティアラローズ、アクアスティード、フィリーネ、エリオット、タルモが集まり、精霊に関する話し合いを行っていた。

ルチアローズは、妖精たちが面倒《めんどう》を見てくれている。

「どうにかして精霊の居場所をつきとめようと思ったんですが……すみません、収穫《しゅうかく》はほとんどありません」

面目《めんぼく》ないと、エリオットが項垂《うなだ》れる。

「精霊の存在は、お伽噺《とぎばなし》と思われていましたからね。……ですが、ルチアローズ様のためにどうにかして見つけなければ」

探し出すのは困難だと、フィリーネも厳しい表情を見せる。しかし可愛いルチアローズのために、やらねばならぬと燃えている。

アクアスティードの側近、エリオット・コーラルシア。

今は男爵位《だんしやく》を授《さず》かり、王城の近くの屋敷《やしき》で妻のフィリーネと暮らしている。諜報《ちようほう》活動が得意なのだが、今回ばかりは苦戦を強《し》いられているようだ。

ティアラローズの侍女《じじよ》、フィリーネ・コーラルシア。

黄緑の髪と、セピアの瞳。ティアラローズのことが大好きで、幼いころから仕えてくれている信頼《しんらい》できる人物だ。

今はエリオットと結婚《けっこん》し、幸せな生活を送っている。

「いや、ご苦労だった。しかしほとんどないということは、多少はあったということだろう？　エリオット」

「はい」

アクアスティードは真剣《しんけん》な表情でエリオットに続きを促《うなが》す。

「まったく手掛《てが》かりのない精霊は、風の精霊シルフと、土の精霊ノームです」

精霊は、火のサラマンダー、水のウンディーネ、風のシルフ、土のノームが存在する。

この中で、サラマンダーはサンドローズ帝国《ていこく》にいることがわかっている。ただ、彼女にもほかの精霊たちの居場所はわからない。

ウンディーネは、どうやらティアラローズの義弟《ぎてい》ダレルの師匠《ししょう》だと思われる。

しかし、今は泡《あわ》となり消え——その力の一端《いったん》がダレルに受《う》け継《つ》がれているのではと推測されている。

サラマンダー、ウンディーネはすでにルチアローズと共鳴しているので、残る精霊はシルフとノームの二人だけだ。

「ウンディーネ様はわかりませんが、サラマンダー様は砂漠《さばく》の国であるサンドローズにいらっしゃいます。暑い国ですので、火を司《つかさど》るサラマンダー様と相性《あいしょう》がいいのでしょう。そのことから、それぞれの力に近しい場所を好む……と推測します」

それを元に調査した結果、とても風の力に恵まれた国がすぐ近くにあることにエリオットは気付いた。

その国は、ラピスラズリ王国の、マリンフォレストとは逆位置にある小さな国、フィラルシア。

特に目玉になる観光資源があるわけではないが、多くの風車が並んでいる景色は圧巻だという。何をするにしても、風の力で大きな恵《めぐ》みをもたらされている国だ。

エリオットは調べた資料をめくり、続ける。

「フィラルシアで発掘《はっくつ》された遺跡《いせき》の中に、シルフ様に関する伝承のようなものがあるそうです」

調べ上げた結果、現時点では一番有力候補だとエリオットは思っている。

「ですので、私の見解としては……フィラルシア王国に風の精霊がいるのでは、と」

「調べてみる価値はあるな」

アクアスティードはエリオットの言葉に頷《うなず》き、フィラルシアと連絡《れんらく》を取る必要があると考える。

どのようにすべきかと思案していると、手が上がった。

「アクア、フィラルシアのことはわたくしに任せてくださいませ」

「ティアラ？」

「実は、フィラルシアには行ったことがあるのです。エメラルド姫とは交流がありますので、話を通しやすいかと思います」

ティアラローズは、フィラルシアに行ったときのことを思い出す。

フィラルシアに行ったのは、両親とフィリーネと四人での旅行だった。その際、フィラルシアの王城に顔を出して挨拶《あいさつ》したのだ。

フィラルシアの第一王女エメラルドはティアラローズと同い年なので、わずかな滞在《たいざい》期間だったけれどとても仲良くなった。

——エメラルド姫は元気かしら？

また会う機会ができたことは、素直《すなお》に嬉しく思う。

「なら、この件はティアラに任せよう」

「はい」

アクアスティードの言葉に頷いて、ティアラローズはふと考える。

「フィラルシアに行くとなると……」

——アカリ様が関わってきそうね。

そう考えて、苦笑する。

フィラルシアに行くには、ラピスラズリを通って行くのが一番速い。これは、アカリへ事前に連絡をしておいた方がよさそうだ。

考え込んでしまったティアラローズを見て、アクアスティードが「何か気がかりなことでもあった？」と心配してくれた。

それにゆっくり首を振り、ティアラローズは苦笑する。

「アカリ様が一緒に行くと言いそうだなぁ……と」

「ああ……」

ティアラローズの言葉に、全員の言葉が重なった。アカリに対する認識《にんしき》は、みんな同じようだ。

しかし、聖なる祈《いの》りの使い手であり、この乙女ゲームのヒロインポジションにいるアカリは何かと頼《たよ》りになる。

——とりあえず相談してみよう。

ティアラローズがそう思っていると、室内に一陣《いちじん》の風が吹《ふ》いてキースとクレイルが姿を現した。

「よう、ティアラの菓子を食べに来たぞ」

「精霊の話し合い、お疲れ」

「キース、クレイル様！」

二人が空いているソファに腰掛《こしか》けると、フィリーネがすぐに紅茶とお菓子の準備をする。

お菓子はキースの要望通り、ティアラローズが焼いたクッキーだ。

「お、美味《うま》そうだな」

さっそく手を伸ばして食べるキースを横目で見つつ、クレイルは精霊に関しての話を始めた。

「さっきまでの話は聞いていたよ。確かに、フィラルシアはシルフにとって心地いい環《かん》境《きょう》だろうね」

「クレイルがそう言うなら、可能性はかなり高そうだ。……だが、ノームの情報がまったくない」

アクアスティードはそう返しながら、ノームが好む土地を考えてみるが……こればかりは、特定が難しい。

土の精霊なので宝石や鉱石が豊富……ということかもしれないが、それが公《おおやけ》になっているかと問われれば、否《いな》。隠《かく》し鉱山などもあるので、調べるのは容易ではないだろう。

ため息をつきそうなアクアスティードを見て、クレイルはくすりと笑う。

「ノームの居場所はわからないけれど……彼らは地下にいるようだ」

「地下に？」

クレイルの言葉に、ティアラローズたちは驚《おどろ》く。だってまさか、そんなところに住んでいるなんて思いもしなかった。

「ただ、その場所まではわからなかった」

「いや……それでも助かる、ありがとうクレイル」

アクアスティードが礼を告げると、クッキーを食べ終えたキースが口を開く。

「ノームは他者とほとんど交流しないらしいから、そうそう会うこともないだろう」

「そうなのね。ノームと接触しないのであれば、ルチアの魔力がいきなり増えて暴走してしまうこともないものね」

キースの言葉に、ティアラローズはほっと胸を撫でおろす。

ルチアローズが成長し、魔力の操作を覚えてしまえばきっと大丈夫《だいじょうぶ》だろう。それまでは、自分がしっかり守らなければとティアラローズは気を引きしめる。

「しっかし、精霊の情報は本当に少ないな。俺たちもずっとマリンフォレストにいたから、知らないことが多い」

キースはため息をついて、頭をかく。

「これればかりは、仕方がないです。でも、二人はどこでノームの情報を？」

「俺の城の書庫だ。いろいろと記録してはいるが、すべての知識があるわけじゃないからな」

――キースのお城には書庫があったのね。

ティアラローズが驚いていると、キースが「なんだ？」とこちらを見た。

「キースと本があまり結びつかなくて」

「お前な……俺だって読み物くらいするさ」

「そうよね、ごめんなさい。書庫で精霊のことを調べてくれてありがとう、キース」

「ああ」

妖精王が味方というだけで、なんとも心強い。

しかし本来、妖精王は人間の事情に関わるようなことはない。人間の問題は人間が解決するというのが、昔からのスタンスだ。

ただキースは、どうにもティアラローズには肩入《かたい》れしてしまうけれど。

「まあ、ひとまず俺たちから教えられる情報はこれくらいか。あとはフィラルシアとの関係次第《しだい》ってことだが……ティアラなら上手くやれるだろ」

「頑張《がんば》るわ」

キースはクッキーを食べて終えて、ティアラローズに声援《せいえん》をおくる。

「とりあえず伝えたし、帰ろうか」

「そうだな。また菓子でも食べにくる」

クレイルとキースはそう言うと、あっという間に転移で姿を消してしまった。

残ったメンバーは、互いに顔を見合わせる。

やるべきことは、フィラルシアへの連絡。エリオットは、鉱山のある場所と、地下に関する情報を調べる。

ひとまず進む先が決まり、ほっとした。

「大変でしょうけど、ルチアのために力を貸してちょうだい」

「何かあれば、私も直接動こう」

「はい！」

ティアラローズとアクアスティードの言葉に、全員が息の合った返事をした。


フィラルシアとは手紙で交流を進め、数か月。

幸いなことに、フィラルシアのエメラルド王女からは歓迎《かんげい》する旨《むね》の返事があった。今は、訪問する日程の調整をしている。

ただ、訪問するのはティアラローズ一人。

もしフィラルシアにシルフがいるのであれば、共鳴してしまうためルチアローズを連れていくことは出来ないからだ。

ティアラローズがフィラルシアに行っている間は、アクアスティードがルチアローズの面倒を見てくれる。

ティアラローズはルチアローズを連れて、庭園へとやってきた。フィリーネと、護衛にタルモと数人の騎士《きし》も控《ひか》えている。

「フィラルシアへの訪問日も無事に決まりそうで、よかったですね」

フィリーネが紅茶を淹《い》れながら、フィラルシアの話題を振る。

「ええ。あとはシルフ様の情報があればいいのだけど……上手く探《さぐ》りを入れられるか心配だわ」

まさか、フィラルシアの王族に風の精霊はいますか？　と、直球で聞くわけにもいかない。

「どうにかして、手掛かりを見つけられるよう頑張るしかないわね」

「わたくしもお力になります、ティアラローズ様」

「ありがとう、フィリーネ」

ティアラローズとフィリーネは二人で顔を見合わせて笑い、芝生《しばふ》の上で遊んでいるルチアローズに目をやる。

「ルチアローズ様と一緒に行けないのは寂《さび》しいですね」

「ええ。……でも、ルチアのことを考えたら連れて行くことは出来ないもの。大丈夫よ、アクアが傍についていてくれるわ」

「とても頼《たの》もしいですね」

アクアスティードが傍にいてくれるのであれば、ルチアローズもきっと安心して過ごしてくれるだろう。

けれど、寂しくて泣いてしまうこともあるかもしれない。

「アクアに守ってもらえて、わたくしもルチアも幸せね。だから、わたくしもこの幸せを守るために頑張るわ！」

「はいっ！　わたくしもお守りいたします！」

「フィリーネがそう言ってくれると、とっても心強いわ」

――絶対に、ルチアローズを危険な目に遭《あ》わせたりはしないわ。

母親として、なんとしても我が子を守る。

ティアラローズが気合いを入れていると、楽しそうな笑い声があがった。

「あぅ～！」

「ああっ、ルチア、あまり遠くにはいかないでちょうだい」

芝生の上を楽しそうにはいはいしている姿は可愛いけれど、芝生の外へ出てしまったら石などで怪我をしてしまうかもしれない。

「ルチアローズ様は好奇心旺盛《こうきしんおうせい》ですね。わたくしが抱っこして連れてきます」

フィリーネがルチアローズの名前を呼び、「こっちですよ～」と手を伸ばしながら近づいていく。

ルチアローズはフィリーネを見ると、すぐに蕾《つぼみ》がほころぶような笑顔を見せ、同じように手を伸ばした。

「きゃう～」

「ああっ、可愛いですルチアローズ様っ‼」

愛らしいルチアローズに、フィリーネはメロメロだ。

すぐにしゃがみ込んでルチアローズを抱き上げようと——したのだが、その手が宙を摑んだ。

「え……？」

「あう？」

「——っ⁉」

瞬間《しゅんかん》、その場にいた全員が目を見開いた。

ルチアローズが、いきなり地面に空いた穴の中に落ちてしまったのだ。突然《とつぜん》のことで、誰も思考が追い付かない。

「ルチア⁉」

ティアラローズが声を荒《あら》らげるのと同時に、タルモが走る。

「すぐ陛下に報告し、医師の手配を！」

タルモは騎士に指示を出し、ルチアローズが落ちた穴へ手を伸ばす。しかし、タルモの手はルチアローズに触れることなく穴の中で宙を摑む。

「どういうことだ……⁉」

空いた穴はそれほど大きくなく、ルチアローズがすっぽりはいるくらいの大きさだ。そのためタルモが腕《うで》を入れたのだが――ルチアローズに触れることさえ叶《かな》わない。

意味がわからないと、タルモは唇を噛みしめる。

「ルチアは、ルチアは無事なの⁉」

ティアラローズが穴までやってきて、その中を覗《のぞ》き込むと――なんとも不可解なことが起こった。

ルチアローズの落ちた穴が、どんどんふさがり始めたのだ。ルチアローズを飲み込んだまま、穴がその姿を消そうとしている。

「穴が……っ！　どうなっているの⁉　やめて、中にルチアがいるのよ‼　ふさがないでっ」

なりふり構わぬその様子にタルモは一瞬《いっしゅん》ためらうも、すぐにティアラローズを穴から引《ひ》き離そうとする。

「ティアラローズ様、危険です！　離れてください‼」

「嫌よ！　ルチアが、ルチアがこの中にいるのよ‼」

どうして母親の自分が、安全な場所へ逃げることができようか。

「いや、いやよ……ルチア‼」

「ティアラローズ様、今は、今は騎士にお任せください……っ！」

悲鳴のような声を響《ひび》かせ、ティアラローズは必死に地面に手をかける。自分の手が土と砂でボロボロになることも構わずに。

フィリーネの騎士に任せるようにという声も、届かない。

ティアラローズが声を荒《あら》らげるが、理由がわかるものはいない。全員が戸惑《とまど》いながらも、ふさがっていく地面を掘《ほ》り返すことしかできない。

騎士が必死で掘り返《かえ》すも、穴は無情にも塞《ふさ》がってしまう。

「ルチア――」

「落ち着け、ティアラ」

「……っ、キー……ス？」

必死に穴を掘るティアラローズの手を、転移で現れたキースが掴む。その表情は真剣で、いつもとは様子が違《ちが》うことがわかる。

「下がってろ」

キースは一言だけ告げ、地面に手を置く。

「マリンフォレスト全土の樹木よ、その根を使いこの国の姫を探し出せ!!」

その言葉に、草花が、木々が、大地が揺《ゆ》れ――応えた。

森を統《す》べる妖精の王が、その怒《いか》りを顕《あらわ》にしていることがわかる。

ティアラローズは涙《なみだ》が零《こぼ》れそうになるのを必死でこらえ、キースを見つめるが……キースは舌打ちして立ち上がった。

「クソ、逃げられた。この感じは……土の精霊の仕業だな」

地中の魔力を追跡《ついせき》し、その魔力の波動から犯人を割り出したのだろう。

キースはティアラローズの手を取り、立ち上がらせる。

見ると地面の穴は綺麗に塞がれていて、まるで何事もなかったかのようだ。ルチアローズが地面の中にいるとは、信じられない。

ティアラローズはよろめきながらも、その理由をキースへ問いかける。

「土の精霊が……？　どうして、ルチアを……」

「俺にも理由まではわからない。……が、何が理由であれ許すつもりなんてねえよ。そうだろう？　アクア」

キースが呼びかけた方を見ると、アクアスティードがこちらに向かって走ってきているところだった。

「当然だ」

すぐそばに空の妖精がいるので、何があったかは教えてもらっているのだろう。その表情からは、怒りの色が見える。

ティアラローズの下へアクアスティードがやってきて、優しく抱きしめてくれた。すると、ティアラローズの瞳からぽろぽろ涙が零《お》れ落ちる。

「アクア、アクア……っ、ルチアが……！」

我慢《がまん》していたけれど、アクアスティードを見たら気が緩《ゆる》んで涙があふれ出てしまった。

ルチアローズのことが、心配で不安で、どうしようもない。

アクアスティードはティアラローズの背中を優しく撫でて、落ち着かせる。

「私が守ると言っておきながら、まさかこんな事態になるなんて……ごめん、ティアラ」

「……っ、いいえ。アクアが謝ることではありません」

ティアラローズはアクアスティードにぎゅっとしがみついて、首を振る。むしろ、ついていながら何も出来なかったのは自分なのに。

「わたくしが、もっと……っ、ルチアの手を握《にぎ》っていたら――」

「ティアラ。ティアラが謝ることでもない。大丈夫、まずは深呼吸して、落ち着いて」

「アクア……」

責めるどころか、安心させるように抱きしめてくれる。

「お待ちください！　今回のことは、わたくしの責任です。わたくしがもっと早くルチアローズ様に手を伸ばしていれば……」

どうお詫びすればいいのかと、フィリーネの顔は涙ですごいことになっている。

「フィリーネのせいではないわ」

すぐにティアラローズがフォローすると、アクアスティードも頷く。

「悪いのはノームで、ここにいる誰かじゃない。──相手が精霊でも、ルチアを攫《さら》ったことは許せない。絶対に助ける」

「……っ、はい！　わたくしも、ルチアのためにできることならなんでもしますっ！」

「わたくしも、ルチアローズ様の救出に全力を尽くします！」

泣いている場合ではないと、ティアラローズとフィリーネは涙をぬぐう。ティアラローズは顔を上げ、犯人はノームだと言い当てたキースを見る。

「キース、ルチアがどこへ連れ去られたかは……」

「残念だが、俺にわかるのはマリンフォレスト内だけだ」

「そんな……」

わずかな希望がなくなった──そう思ったが、「まあ待て」とキースはある方向を指さした。

「場所の特定までは出来ないが、ルチアの気配はマリンフォレストからラピスラズリへ入った」

「だとしたら、ラピスラズリか……ちょうど話をしていたフィラルシアあたりにノームがいると考えてよさそうだ」

キースの言葉に、転移して現れたクレイルが続く。

「土の中を通って進む魔法《まほう》だけど、さすがに国をいくつも越《こ》えるほどの距離《きょり》は無理だ。ましてや、人を連れているんだから」

つまり、ノームのいる場所は、ラピスラズリ王国か、フィラルシア王国……もしくはその周辺ということになる。

「すぐ向かいましょう！　早くしないと、もしルチアに何か――っ」

「落ち着いて、ティアラ」

「アクア……っ」

急いで準備しようとするティアラローズを、アクアスティードが止める。

――早く、早く助けに行きたいのに！

どうして？　という気持ちが、ティアラローズの中で大きくなる。しかしそれは、アクアスティードの瞳を見て一瞬で掻き消《き》えた。

必死に自分の感情を抑《おさ》えているその金色の瞳に、ティアラローズは言葉を失う。

最善の策を選び、ルチアローズを助け出す。そんなことを考えている瞳だ。

——アクアは絶対に助けるって言ってくれた……。

一時の感情に振り回され、ルチアローズを助ける前に力尽《ちからつ》きてしまったら元も子もない。ティアラローズは深呼吸して、自分の心を落ち着かせる。

「フィリーネ、お父様とアカリ様に手紙を書くから準備をしてちょうだい。エリオット、魔法で手紙を届けることはできる？」

「すぐにご用意いたします！」

「もちろんです」

ティアラローズが指示を出すと、二人はすぐに頷いてくれた。戸惑い泣いていたフィリーネは、涙を拭《ぬぐ》いすぐ準備に走りだす。

「タルモ、ここは私が見ているからすぐに馬の状態を確認《かくにん》してきてくれ。それから、乗《の》り換《か》えもできるように手配を」

「すぐに！」

アクアスティードが出した指示を聞き、ティアラローズは馬車ではなく騎乗《きじょう》で向かうということに気付く。

その方が圧倒的《あっとうてき》に速いし、何かあった際の小回りも利《き》く。

「私は馬で先に向かう。ティアラは馬車で——」

「わたくしも馬に乗れます！　お願いアクア、わたくしも一緒に行かせて」

「ティアラ……わかった。でも、かなり大変だから、無理だと思ったらすぐに言うこと。いいね？」

「はいっ！」

普段《ふだん》は馬車で移動することがほとんどだが、ティアラローズも馬に乗ることは出来る。練習しておいてよかったと、これほど安堵《あんど》したのは初めてだ。

「俺も行くぞ」

「キース⁉」

「ノームはルチアを攫ったんだ。容赦《ようしゃ》しねえ」

静かに怒《おこ》るアクアスティードとは違い、キースはその感情を隠そうとしない。いっそ、ノームが心配になってしまうくらいに。

しかし同時に、とても頼もしくも思う。

「クレイル、俺がいない間は頼んだぞ」

「……まったく。わかった、マリンフォレストのことは心配せずに行ってくるといい」

「ああ」

何かあるといつも行動に移すのはキースで、自分は留守番ばかりだとクレイルは苦笑する。

すると、レターセットを持ったフィリーネが急いで戻ってきた。

「ティアラローズ様、手紙の準備が出来ました！」

「ありがとう、フィリーネ！」

すぐさまアカリと父に手紙を書いて、エリオットの魔法でラピスラズリの二人の下へ送ってもらう。

手紙には、精霊ノームにルチアローズが連れ去られたのでフィラルシア王国へ行く旨。

そして、何か情報があれば教えてほしいということ。

あわせて、地下に続く洞窟《どうくつ》や場所も調べてほしいとお願いした。

「ひとまず……今、わたくしにできることはこれくらいね。どうにかして、ノームの情報を得ることができたらいいのだけれど……」

ティアラローズはぐっと手を握りしめ、自分の気持ちを鎮める。そうでなければ、すぐにでも走り出してしまいそうだった。

第二章　地下のエルリィ王国

土の精霊ノームが暮らす場所は、エルリィ王国という。

国民はドワーフで、背は大人でも百二十センチほどと小さい。今は地下に暮らし、地上に出てくることはほとんどない。

ドワーフは絵本に出てくる想像上の生き物だと思われていたが、実はひっそりと慎《つつ》ましく暮らしていた。


エルリィ王国は、精霊ノームの力を使い地下に作り上げた王国だ。

その場所は、フィラルシア王国の地下と、さらにラピスラズリ王国の地下三分の一ほどに及《およ》んでいる。

とはいえ、街が大きいわけではない。

ほとんどが鉱石などの採掘場《さいくつじょう》になっていて、居住区はフィラルシア王国の半分ほどの面積しかない小さな国。

食料はフィラルシア王国と取引を行い、国民は生活に必要な最低限の分だけを手に入れている。

エルリィ王国にあるノームの城は、洞窟《どうくつ》内で採掘した鉱石で作られており、ひんやりとしている。

その鉱石の城の一室に、声が響《ひび》く。

「ふえええぇんっ」

突然《とつぜん》連れ去られたルチアローズは、大声で泣きわめく。それを必死にあやそうとしているのは、二人のドワーフのメイド。

身長は百二十センチほどの彼女たちだが、立派に成人した大人の女性だ。

「あああっ、お姫《ひめ》様、どうか可愛《かわい》らしい笑顔《えがお》を見せてください」

「ああっ、泣《な》き止《や》んでくださいませっ」

「ふえぇぇぇんっ」

けれど、ルチアローズが泣き止むことはない。

「ガラガラですよ、音が鳴って楽しいですね～」

「いないいないばあ～！　ああっ、笑ってくれないわっ」

「ふえぇ、ふえぇぇぇぇぇんっ！」

一生懸命《いっしょうけんめい》あやしてみるも、どうにもならない。メイドたちは困り果てて、お手上げだと自分の主《あるじ》を見る。

「ノーム様、この子どもはいったいどこの子どもですか？」

「人間の子どもではありませんか……まだ、こんなにも幼い」

自分たちでは、人間の子どものお世話経験がないからどうしようもないと、メイドたちが涙目《なみだめ》になっている。

けれど、ノームは『我慢《がまん》して』と告げた。

『……その子は、ボクたちの希望の炎《ほのお》だ』


ぽつりと小さな声で喋《しゃべ》るのは、土の精霊ノーム。

ドワーフ同様体が小さく、その身長は百センチほど。

こげ茶色のマッシュルームヘアは前髪《まえがみ》が長く、目をすべて隠《かく》してしまっている。頭にはちょこんと小さな鉱石の冠《かんむり》が載《の》っている。

厚手のマントと、採掘道具の入った腰袋《こしぶくろ》を身に着けている。

ノームは、泣いているルチアローズの頭を撫《な》でる……が、泣き止まない。

『あわわ……泣き止んで、お願い……』

困っているノームにメイドたちは焦《あせ》りつつ、「どういうことですか？」と説明を求める。

『……実は、ボクたちが鍛冶《かじ》に使う大元の火――炎霊《えんれい》が消えかかっていて……』

「えええええっ⁉」

『気付いてなかったんだね』

ノームの言葉に、メイドたちはこくこくと頷《うなず》く。

炎霊の火は街から見えるところにあるけれど、メイドたちは仕事で忙《いそが》しく、火の勢いには気づいていなかったようだ。

『本当は伝えないといけなかったのに、その……言い出せなくて、ごめん……でも、これぱっかりはボクの力ではどうしようもなくて……』

ひどく落ち込んでしまったノームを見て、メイドたちは顔を見合わせる。深刻な空気を察したからか、ルチアローズもぴたりと泣き止んだ。

「ああ、いい子ですねお姫様」

「少しだけ、このままお静かにお願いいたしますね」

「あうぅ……」

大人しくしてくれたルチアローズにほっと胸を撫でおろして、ノームは話を進める。

『ボクたちは、鍛冶でいろいろな伝説を作ってきた』

「はい」

ノームの言葉に、メイドたちは頷く。

ドワーフたちはノームとともに生きる一族で、鍛冶が大好きな種族だ。しかし名声には興味がなく、ただ黙々《もくもく》と鍛冶をし武器などを作ってきた。

実はこの世界にある伝説の剣《けん》を作ったのも、ドワーフたちだ。

今は争いが起きていないため、そんなものは必要ない。その分、武器ではなく生活用品を作るようになってきている。

『……ボクたちが鍛《きた》えるものは、どれも一級品だ。その素晴《すば》らしさは今まで培《つちか》ってきた技術もあるけれど――炎霊の火があってこそ発揮される、だよね？』

「はい。炎霊の火は、鍛冶に使う聖なる炎です。この火を使って鍛えるからこそ、素晴らしいものができあがるのです」

「私たちにとって、必要不可欠――生きるための水のようなものです」

炎霊の火、とは。

ノームが持つ土の力とは別の、もう一つの力の源と言っていいだろう。

炎霊の鉱石が燃えたもののことを指す。

その火をノームとドワーフたちは鍛冶に利用している、高温で、神秘的な、ほかで代用することの出来ない鍛冶に最上級の炎だ。

ノームとドワーフにとって炎霊の火とはとても大切なものなのだ。

その火が消えてしまったときのことなんて、とてもではないが考えられない。こんな子どもを攫《さら》ってきている場合ではないのにと、メイドたちは思う。

「ノーム様、私たちにとって炎霊の火は命そのものです」

「どうにかして、火を燃やし続けることは出来ないのですか？」

『………』

メイドの必死の声に、ノームは一度口を閉《と》ざす。

『消えかかった炎霊の火を見たとき、ああ、もう駄目《だめ》だ……そう、思った』

だけど、あきらめずに火の魔力《まりよく》を探《さぐ》った。何年も、気が遠くなるかもしれないと……

そう思いながら。

やっぱりもう駄目なんだろうか？

そう思ったとき――大きな火の魔力を見つけた。

『この子はルチアローズ。サラマンダーの強大な火の力をその身に宿した、ボクたちの救世主なんだ』

告げられた言葉に、メイドたちは目を見開く。

「なんということでしょう……‼」

ノームは炎霊の火が消えてしまう前に、急いでルチアローズを攫ってきたのだ。

メイドたちはルチアローズをまじまじと見て、涙《なみだ》を流す。それだけ、ドワーフにとって炎霊の火は大切なものだ。

「よかった、私たちは火を失わずに済むのですね」

「炎霊の火で鍛冶が出来ないなんて、考えただけでも恐《おそ》ろしいわ」

よかったよかったと、ドワーフたちは胸を撫でおろし――

「って、待ってくださいノーム様！」

「この子のご両親は一緒《いっしょ》ではないのですか？」

『え……っ、ええと、炎霊の火を復活させてもらったら、その、ちゃんと返しに行く……よ？』

ぽそぽそ喋るノームにメイドは顔を青くする。

「本当に、いったいどこの姫様なのですか～⁉」

鉱石の城に、ドワーフの叫《さけ》び声《ごえ》がこだました。

ルチアローズが連れ去られて、数日。

ティアラローズたちは、馬でラピスラズリを目指している。今いるのは、宿泊《しゅくはく》のために立ち寄った途中の町だ。

今回、騎馬《きば》でフィラルシア王国を目指すのは、ティアラローズ、アクアスティード、エリオット、タルモ、キース。それ以外にも数人の騎士《きし》がいる。フィリーネは騎乗《きじょう》が得意ではないので、馬車で追いかけてきている。

ティアラローズが部屋で休んでいると、軽いノックとともに急《せ》いた様子のアクアスティードが入ってきた。

「ティアラ、サラヴィア陛下から返事が来たよ。ルチアは無事みたいだ」

「本当ですか⁉」

もしやサラマンダーであれば、ルチアローズの現在の状況《じょうきょう》がわかるのでは？　と考え、エリオットに手紙を送ってもらいその返事が来たのだ。

ティアラローズはベッドに腰《こし》かけたまま、へにゃりと力が抜《ぬ》けた。

「ただ、サラマンダー様でも今の状態や詳細《しょうさい》な場所はわからないそうだ。特に乱れた火の魔力は感じられないから、大きな怪我《けが》はなく落ち着いているだろうとのことだ」

「ルチアの無事がわかっただけでも、嬉《うれ》しいです。よかった、ルチア……。すぐに助けに行くから、待っていてね……」

じわりと、ティアラローズの目頭《めがしら》が熱くなる。

たとえその身が無事だとしても、きっと不安になっていることだろう。

泣きそうなティアラローズの隣《となり》にアクアスティードが腰かけ、その細い肩《かた》を抱《だ》き寄せる。

その肩によりかかって、ティアラローズはぽつりと言葉をもらす。

「こんなに長い時間、ルチアと離《はな》れたのは初めてですね」

夜中に起きて、泣いたりしていないだろうか。ご飯はちゃんと食べているのだろうか。

酷《ひど》いことになっていないだろうか。

このままでは、ティアラローズの方が不安でどうにかなってしまいそうだ。

「いつも一緒にいたからね。……早く、抱きしめてあげたい」

「……はい」

力なく頷くティアラローズの顔は、疲《つか》れ切《き》っているのがわかる。娘《むすめ》が攫われ、慣れない馬に数日乗りっぱなしだったのだから仕方がないが……。

「私は、ティアラも心配だ」

「アクア？」

「無理をするな、とは言わないけれど……自分の体もちゃんと大切にするんだよ」

言って、アクアスティードがティアラローズを抱きしめる。そのままベッドへ倒《たお》れこみ、あやすように背中を撫でる。

「……あったかいですね、アクア」

「うん」

ティアラローズとアクアスティードは、手を繋《つな》いで眠《ねむ》りについた。


朝、身支度《みじたく》を整えたティアラローズはラジオ体操を行う。一日馬に乗るので、念入りに体をほぐすのにちょうどいいのだ。

最初にラジオ体操を見たアクアスティードたちは不思議そうにしていたけれど、今では一緒にやってくれている。

体操が終われば、馬の調子を確認《かくにん》して出発だ。

「しかし、なかなか上手《うま》く乗るもんだな」

ティアラローズが馬の様子を見ていると、キースがやってきた。

「キースこそ。妖精王は馬に乗る機会なんて、ないと思っていました」

だから乗れないと思っていたことは、言わないでおこうとティアラローズは苦笑《くしょう》する。

キースたち妖精王は、転移魔法《まほう》があるので馬に乗る必要がないからだ。

「俺だって馬に乗ったことくらいあるさ。てか、別に乗れるも乗れないもないだろ？　乗れないっていうのが、不思議だ」

「……なるほど」

――キースは運動神経抜群《ばつぐん》だものね。

練習などしなくとも、簡単に乗りこなしてしまったことが容易に想像出来る。その運動神経を少しわけてほしいくらいだ。

ティアラローズがキースと話していると、アクアスティードとエリオットがやってきた。

「出発する前に……エリオット」

「はい。ティアラローズ様、エメラルド姫から手紙です」

「本当!?　よかったわ、お返事がきて」

本来はゆっくり日程調整して訪問する予定だったが、今回のことで急遽《きゅうきょ》お会いしたい旨《むね》を手紙で連絡《れんらく》していた。

ティアラローズが中を確認すると、『ぜひ、いらしてください』という快諾《かいだく》の返事が書かれている。

「よかった、これでフィラルシア王国へ行って、エメラルド姫に話を聞くことができるわ」

「あとは何か精霊に関する手掛《てが》かりがあるといいんだけど……」

何も手掛かりがないままだと、フィラルシアについてからの調査に時間が掛《か》かってしまいそうだ。

フィラルシアにシルフがいれば、ノームの手掛かりを聞くことが出来るかもしれないという望みもある。

そうティアラローズとアクアスティードが話していると、キースが「それなら」と会話に加わった。

「俺がルチアの魔力を辿《たど》ってやる。マリンフォレストじゃないから明確な位置を摑《つか》むのは難しいかもしれないが、近くにいればある程度ならわかるはずだ」

「本当!? ありがとう、キース!! それだけでも助かるわ」

もしフィラルシアでルチアローズの魔力を察知することが出来なかったら、すぐにほかの場所を捜《さが》さなければならない。

一瞬《いっしゅん》でも無駄《むだ》にしている時間はないのだ。

「でも、このくらいならアクアも出来るだろう？」

「私が？　そういうことはあまり意識してやったことはないが……なるほど、やってみる価値はあるな」

すぐに習得することは難しいかもしれないが、覚えておくと後々役に立ちそうだ。

「なら、フィラルシアについたら教えてやる」

「感謝する」

アクアスティードがキースに礼を言うと、ちょうど出発の準備が整った。ティアラローズは急いで返事を書いて、一足先にフィラルシアへ届けてもらう。

「それじゃあ行こうか」

「はい」

フィラルシアへ向けて、ティアラローズたちは馬で駆《か》けだした。


道中ラピスラズリ王国へ少し滞在《たいざい》し、フィラルシア王国へやってきた。時刻は夕方で、オレンジ色に染まる夕空が美しい。

ラピスラズリの国境を抜けてフィラルシアに入ると、爽《さわ》やかな風が吹《ふ》き抜ける。確かに、風の精霊シルフがいそうだとティアラローズは思う。

フィラルシアは穏《おだ》やかな気候で、多くの風車が風を受けて回っている。田畑の広がりが、自給力の高さが窺《うかが》わせる。

ティアラローズたちが今いる場所は、フィラルシアを見渡《みわた》せる小高い丘《おか》だ。ここを下れば、フィラルシアの王城までは目と鼻の先。

ひゅおっと大きな風が吹いて、ティアラローズのハニーピンクの髪《かみ》を舞《ま》わせた。

「きゃっ、すごい風！」

ティアラローズがとっさに髪を押さえると、「大丈夫《だいじょうぶ》？」とアクアスティードが乱れた髪を手櫛《てぐし》で整えてくれた。

「ありがとうございます、アクア。大丈夫です」

「よかった」

しかしもう一人、強風で苦戦している人物が。

「んだここ、こんなに風が吹いてんのか」

同じく長髪《ちょうはつ》の、キースだ。

「とっととルチアの魔力があるか調べて、城に行くのがよさそうだな。――フィラルシアの樹木よ、我が声に応え小さき光の居場所を示せ！」

ふわりとキースの髪が舞い、淡《あわ》い魔力の光がその身を包み込む。

ルチアローズの魔力はあっただろうかと、ティアラローズたちはキースの様子を見守る。

「——感じる」

「本当!?」

「ルチアはここにいるのか!?」

キースの言葉に、ティアラローズとアクアスティードが声をあげる。後ろで控《ひか》えていたエリオットも、「よかった!」と胸を撫でおろしている。

しかしすぐ、キースが「待て」と言葉を続けた。

「確かにルチアの魔力はあるが、詳細な場所まではわからなかったから……あとでもう一度やってみる必要がありそうだ。……そうだな、夜がいい」

「夜が？」

すぐにでもルチアローズの居場所を知りたいティアラローズは、まだ待たなければならないのかと項垂《うなだ》れる。

しかし、これればかりは仕方がないとキースが言う。

「夜ならアクアの星空の力が強くなるから、わかりやすいだろうさ」

見知らぬ地ではキースの力を最大限発揮することは難しいけれど、アクアスティードと一緒であればどうにかなるだろう。

キースがアクアスティードを見ると、一瞬驚《おどろ》いた表情を見せるもすぐに真剣《しんけん》な眼差《まなざ》しで頷く。

「必ずルチアの居場所を特定する」

「ああ」

力強いアクアスティードの返事にキースは頷いて、フィラルシアを臨《のぞ》む。

「それじゃあ行くか」

キースの声を合図に、ティアラローズたちは丘を下りフィラルシアの王城へと向かった。

フィラルシアの王城は、大小さまざまな風車が設置された、レンガ造りの可愛らしいお城だった。

メイドたちは民族衣装《いしょう》をアレンジしたメイド服を着ているため、見た目も華《はな》やいでいる。

ティアラローズたちが到着《とうちゃく》すると、すぐに応接室へ案内され歓迎《かんげい》を受けた。最初に挨《あい》拶《さつ》してくれたのは、ティアラローズとも親交のある王女のエメラルドだ。

「ようこそおいでくださいました、アクアスティード陛下。そしてティアラローズ様、またお会い出来てとても嬉しいです」

「突然の訪問にもかかわらず、歓迎感謝します」

「わたくしも、エメラルド様にお会い出来るのを楽しみにしていました」

エメラルドに、アクアスティードとティアラローズは挨拶を返す。そして、突然の訪問になってしまったことを謝罪する。

しかし、エメラルドは「気になさらないで」と微笑《ほほえ》んでくれた。


フィラルシア王国の王女、エメラルド・フィラルシア。

色素の薄《うす》い金色の髪は、ゆるいウェーブがかかり、腰ほどまでの長さがある。おっとりとした、たれ目がちな黄緑色の瞳《ひとみ》。その顔立ちから、彼女の温厚《おんこう》さがわかる。

布を幾重《いくえ》にも折り重ねたドレスはどこか民族衣装を思わせるもので、中央で前髪をわけた額には宝石のサークレットが付けられている。


「ティアラローズ様とたくさんお話しできると嬉しいですわ。それから、そちらの方たちは初めましてですわね」

「ええ。今回の同行者です」

アクアスティードがそう言うと、エリオットとタルモが一歩前に出る。

「お初にお目にかかります、エメラルド様。アクアスティード陛下の側近、エリオット・

コーラルシアです。どうぞお見知りおきを」

「ティアラローズ様の護衛騎士、タルモです」

「お二人とも、よろしくお願いいたしますね」

次に、ティアラローズが紹介《しょうかい》しようとキースを見る。

――森の妖精王だということは、黙《だま》っていた方がいいのかしら？

ティアラローズがどうすべきか悩《なや》んでいると、先にキースが口を開いてしまった。

「俺は森の妖精王、キース。ティアラとアクアには祝福を贈《おく》っているゆえ、同行している」

「――っ！」

キースの言葉に、エメラルドは大きく目を見開いた。そしてすぐに、深々と腰を折る。

「妖精王とは知らず、ご無礼いたしました。わたくしはエメラルド・フィラルシア。滞在中は、どうぞごゆっくりしてくださいませ」

「ああ、感謝する」

挨拶が終わると、エメラルドが「お疲れですか？」とティアラローズに問いかけてきた。

「新しいお茶をご用意してお話でも……と思ったのですが、お疲れでしたらお部屋へ案内させますわ」

エメラルドの気遣《きづか》いに、ティアラローズは微笑む。

――本当なら、一緒にお茶をしたいところだけど……。

正直に言って、すぐにでもルチアローズを捜したいし……ティアラローズの体にはかなり疲労《ひろう》がたまっている。

申し訳ないが、社交は最小限に留《とど》めたい。

「とても嬉しいお誘《さそ》いですが、少し疲れてしまって……。休ませていただいても構いませんか？」

「ええ、もちろんです。ゆっくりお休みください」

「ありがとうございます」

ティアラローズはエメラルドの気遣いに礼を言い、メイドに部屋へ案内してもらった。


用意されたゲストルームは、ピンクベージュを基調とした落ち着いた部屋だった。

室内の窓からは気持ちのいい風が入り、ティアラローズの長い髪をくすぐる。大きく深呼吸して、ティアラローズはソファへ腰かけた。

「ふう……。やっとフィラルシアに着きましたね」

「この後は国王陛下との晩餐《ばんさん》だから、少し休んだ方がいい」

「いえ、わたくしは大丈夫です！」

すぐにでもルチアローズの手掛かりを探したいので、休んでいる時間が勿体《もったい》ない。そんなティアラローズを見て、アクアスティードは苦笑する。

「気持ちはわかるんだけどね……ティアラが倒れてしまったら、大変だ」

「アクア……」

「大丈夫、ルチアは必ず見つけだす。だからティアラ、もう少し肩の力を抜いて」

アクアスティードは用意されていた果実水を持って、ティアラローズの隣に座る。

「晩餐会で話が出来るよう、今は休憩《きゆうけい》するのも大事だよ。そのあとは自由に行動できると思うから、精霊の手掛かりを探そう」

「……はい」

優《やさ》しいアクアスティードの手に頭を撫でられて、ティアラローズは頷く。

そしてどうかシルフの情報を得られますようにと、そう思いながら目を閉じる。すると、どっと眠気《ねむけ》が襲《おそ》ってきた。

「あ……」

「うん？」

「……いえ。一気に眠気が襲ってきたので、驚いてしまって」

「あれだけ馬を飛ばしていたんだから、当然だよ」

別に不思議なことではないと、アクアスティードが微笑む。

「食事の時間まで、私の膝《ひざ》を貸してあげる」

「それでは、アクアが眠れないじゃないですか……」

「私は馬に慣れているからね、大丈夫だよ。それより、こうしてティアラに触《ふ》れている方が休まる」

だからこのままでいいと、アクアスティードがティアラローズを自分の膝へと引き寄せた。

「あったかい」

「休まりそう？」

「……はい。すごく元気になれそうです」

アクアスティードの問いかけにくすくす笑い、ティアラローズはもう一度目を閉じる。

すると、すぐに眠りへと落ちてしまった。

あっという間に眠りに落ちてしまったティアラローズを、アクアスティードは心配そうに見つめる。

――ここまで張りつめた様子のティアラは、初めてだ。

それだけ、ルチアローズのことを心配していることがわかる。

「マリンフォレストからここまで、ほとんど休むことなく何日も馬で駆けるなんて……本当なら、疲れ果《は》てて倒れていたっておかしくはないのに」

──母親とは、すごいな。

きっと、ルチアローズのためならばどんなことでも出来てしまうのだろう。

ああ、でも。

「それは私も同じか」

ティアラローズとルチアローズのためならば、たとえ業火《ごうか》の中であろうと飛び込むことが出来るだろう。

不謹慎《ふきんしん》だけれど、そう考えられることはとても幸せだ。

「……ティアラ」

優しくティアラの額を撫でて、そのままキスを一つ。

「絶対に、ルチアは助け出す」

「当たり前だ」

ぽつりともれたアクアスティードの声に返事があり、慌《あわ》てて体を起こす。

見ると、背後にキースが立っていた。

「人の部屋に無断で入るな」

アクアスティードはため息をついてそう言うが、キースは気にせずに笑う。

「いいじゃねえか、細かいことは気にすんな。それより、エリオットがフィラルシアを調べるからしばらく席を外すって言ってたぞ」

「ああ……わかった。エリオットにも苦労をかけるな」

数時間後には歓迎の晩餐会が開かれるため、アクアスティードとティアラローズは出席しなければならない。

そのため、一緒に精霊に関して調査をすることができないのだ。本来であれば、自らの手で調べたいのに。

「キース、晩餐会は――」

「そういう面倒《めんどう》そうなのはパスだ」

「……わかった」

まあ、元々キースは出席の予定ではなかった。ただ、最初にエメラルドと挨拶した際に森の妖精王ということは伝わっているので……来賓《らいひん》として招待されるだろうけれど。

「まあ、そこは私が対応しておくよ」

「よろしく。その代わり、俺もフィラルシアの様子を探ってみる。とはいえ、短時間じゃ厳しいかもしんねーけど」

「いや、十分だ。よろしく頼《たの》む」

キースも調べてくれるのであれば、これほど頼もしいことはない。

「早く、ティアラを安心させてやらないとな」

「ああ」

アクアスティードとキースは、すやすや眠るティアラローズを見て、互《たが》いに頷いた。


それから三時間ほどして、歓迎の晩餐会となった。

フィリーネがまだ到着していないので、王城のメイドに支度《したく》を手伝ってもらい準備を終える。

レースを使った水色のドレスに、マリンフォレスト特産の珊瑚《さんご》の装飾品《そうしょくひん》を身に着け、髪型《かみがた》はアップスタイル。

支度の終わったティアラローズは、アクアスティードにエスコートしてもらい晩餐の席へと向かった。


窓から見える風景が美しく、木製のテーブルは温かさがあり、自然豊かなフィラルシアのよいところが詰《つ》まっている。

ティアラローズが美しいフィラルシアの景色に目を奪《うば》われていると、「いかがですか」と声をかけられた。

「ようこそ、フィラルシアへ。アクアスティード陛下、ティアラローズ様。お会い出来て嬉しいです」

「突然の訪問でしたが、このような席を設けていただき、ありがとうございます」

「ありがとうございます。お会い出来て、とても光栄です。美しい景色に、思わず見とれてしまいました」


晩餐の席で迎《むか》えてくれたのは、国王のエドモン・フィラルシア。

栗色《くりいろ》の髪と、長い顎鬚《あごひげ》。瞳はエメラルドと同じ黄緑色で、同じく少したれ目がちだ。やせ型で、年齢《ねんれい》は五十代。

エメラルドは遅《おそ》くに出来た一人《ひとり》娘で、とても可愛がっている。


挨拶を終えると、なごやかに食事が始まった。

他愛《たわい》のない話をしつつ、エドモンが今回の訪問の趣旨《しゅし》を聞いてくる。

「魔法に関することと、文化の交流……ということでしたね。フィラルシアはどうにも田舎《いなか》でしてね、今日をとても楽しみにしていたんですよ」

そう言って、エドモンは笑う。

今エドモンが口にした通り、フィラルシアには魔法と文化の交流をしませんか、という目的で訪問している。

　この二つであれば、魔法や精霊に近しい話題を出しても不自然にはならないからだ。

　アクアスティードは微笑み、「田舎だなんて……」と首を振《ふ》る。

「フィラルシアは風が気持ちよく、風車の回っている街の風景は美しいと思います。この風は、昔から？」

「ええ。風はフィラルシアの自慢《じまん》でして、今では生活に欠かせない大事なものになっていますよ。高い山や深い谷が多くある地形でして、風が吹くんです」

「なるほど……」

　確かに、その地形であれば風も生じやすいだろう。

　アクアスティードは思案しつつ、歴史の話題をエドモンに振る。もしかしたら、シルフの話題が出るかもしれない。

「マリンフォレストには古くから妖精がいることもあって、遺跡《いせき》など、そういった文化財はほとんどないのですよ。森や山の中は妖精たちが住んでいるので、建造しなかったのでしょうね。フィラルシアには……？」

「遺跡でしたら、いくつか……」

　エドモンは笑顔で、アクアスティードの質問に答えてくれる。

　それからしばらく話を続けたが、残念ながら有益な情報を得ることはできずに晩餐会は終わってしまった。

どうも、エドモンはシルフのことを知らないようだった。

ティアラローズたちは部屋に戻《もど》り、着替《きが》えてからため息を一つ。

「なんの情報も得られませんでしたね……」

「うん……。エドモン陛下は、本当に何も知らない様子だったね」

「シルフ様はこの国にいないのかしら。もしかしたら、ノーム様の居場所を知っているかもしれないのに」

手掛かりがないのだとしたら、すぐに次の手を考えなければならない。

しかし今は、ルチアローズの魔力がないか確認するのが先だ。ティアラローズは、アクアスティードとキースの三人で許可をもらい王城の屋上へと上がった。

「満天の星空ね」

空を見上げたティアラローズは、少しだけ頬《ほお》が緩《ゆる》む。

「キース、お願いできる？」

「ああ。アクア、お前も一緒にやれ」

「わかった」

今から、この国のどこにルチアローズの魔力があるか気配を探ってもらう。

昼間は明確な位置がわからなかったけれど、今は星空の力を使うアクアスティードもいるので、ある程度の手掛かりをつかめるのでは……と、考えている。

キースが集中すると、周囲に淡い緑の魔力の光が浮《う》かび上《あ》がった。とても幻想的《げんそうてき》で、森の力を使っているということがすぐにわかる。

アクアスティードは目を閉じて、すっと空に向けて手を伸《の》ばす。キースと同じように集中するが、使うのは星空の力だ。

神秘的な金色の光が、浮かび上がる。

その光景に、ティアラローズは思わず目を奪われてしまう。

――すごい。

しかしそう思ったのも束《つか》の間《ま》で、第三者の「すごいですわ！」という声が響いた。

「これは魔力の光？　とっても綺麗《きれい》」

「エメラルド姫⁉」

エメラルドはのんびりした様子だが、ティアラローズたちは焦る。

屋上で魔法を使っていたら、怪《あや》しまれても仕方がないからだ。

もしかしたら、フィラルシア王国にとって何か害のあることをしようとしていると思われたかもしれない。

「ああくそ、ルチアを捜すのに集中してたせいか気づかなかった」

「エメラルド姫は、どうにも気配が薄いな……」

キースとアクアスティードが小声で呟《つぶや》き、いったん行動を中止する。

なんて言い訳すればいい？　しかしその結論が出るよりも先に、王女の言葉に驚かされてしまった。

「わたくしもできるわ。ねえシルフ、少し力を貸して」

エメラルドがそう言うと、彼女の体を淡い光が包み込んだ。黄緑色の、風を思わせる、優しいけれど力強い光。

とても美しく幻想的で絵になるのだが――それをのんびり見ているわけにはいかなかった。エメラルドが、聞き逃《きのが》せない一言を発したからだ。

「シルフ……風の、精霊――!?」

ティアラローズたち三人の声が重なった。

すると、エメラルドはぱちぱちと目を瞬《しばたた》かせる。

「え、やだ、シルフのことをご存じでしたの？　でも、そうよね……マリンフォレストには妖精がいるのだから、精霊の存在を知っていてもおかしくありませんわね」

エメラルドは苦笑しながらも、何もない空間に手を伸ばす。

「いらっしゃいな、シルフ」

『――なあに、エメラルド』

小さな突風《とっぷう》のあと、風の精霊シルフがエメラルドの手を取り顕現《けんげん》した。

「魔法だと勘違《かんちが》いしてくれると思って、シルフの力を借りたのよ。ばれてしまうなんて、思わなかったわ」

『……誰《だれ》？　この人たち。一人は、人間じゃないみたいね』

宙に浮いている、風の精霊シルフ。

黄緑色の髪をポニーテールにしている、勝気な緑色の瞳の女の子。外見年齢は、十代の後半といったところだろうか。

肌《はだ》の露出《ろしゅつ》が高い衣装に身を包み、こちらを値踏《ねぶ》みするかのように見てきている。

ティアラローズはあまりよい印象を持ってもらえてなさそうだと焦るが、隣にいたキースが笑った。

「ちょうどいい、俺たちはシルフに用があってきたんだ」

『私に用……？』

「ああ」

キースの言葉に、シルフは訝《いぶか》しむような眼《め》を向けてくる。――が、キースはそんなことを気にするような男ではない。

ティアラローズたちがフィラルシアに来た目的は、土の精霊ノームに攫われたルチアローズを助け出すこと。

そして同じ精霊のシルフならば、ノームの居場所を知っているかもしれない。そのため、シルフに会うことも目的の一つだった。

「ルチアの魔力がこの国にあるっていうのは、もう確認済みなんだよ。地下から、魔力を感じる」

『……？』

エメラルドに声をかけられるまでのわずかな時間で、キースはしっかりとルチアローズの魔力を見つけていた。

正確な位置まではわからなかったが、この国の地下だということまではわかった。

この国にいるシルフと、この国の地下にいるノーム。二人が繋がっていないと考える方が、無理がある。

『いったいなんの話を――』

「お前、ノームの居場所を教えろ」

『な……っ』

高圧的かつ直球なキースの物言いに、シルフは絶句する。そしてすぐに、『嫌《いや》よ！』と声をあげる。どうして自分が見ず知らずの男に、と。

しかし、そんな態度をとったらバレバレだ。

「居場所を知っているみたいだな」

「知っているの⁉」

キースの言葉に続き、ティアラローズがシルフを見つめる。

つい先ほどの、キースがルチアローズの魔力に辿り着《つ》いたということだけでも嬉しいというのに、ノームの場所へ行く希望が一気に広がった。

ティアラローズは一歩前に出て、シルフに向かって頭を下げる。

「シルフ様、どうかノーム様の居場所を教えてくださいませ」

『な、なによ……っ』

シルフは真摯《しんし》なティアラローズに戸惑《とまど》い、エメラルドの後ろへと逃《に》げてしまう。

「いったいどういうことですの？　ティアラローズ様、理由をお話ししてくださいますか？」

おそらく今、一番混乱しているのはエメラルドだろう。

ティアラローズたちがシルフの存在を知っているだけでも驚きなのに、さらにはノームの居場所を教えろと詰め寄《よ》っているのだから。

エメラルドから見たら、ティアラたちの方が悪役かもしれない。

ここは正直に理由を話し、協力をお願いした方がいいだろう。心優しいエメラルドなら、きっと力になってくれるはずだ。

そう思い、ティアラローズは口を開こうとしたのだが――『嫌よ！』とシルフがべーっと舌を出した。

『エメラルド、こんな奴《やつ》らを相手にする必要なんてないわよ！』

「シルフ、そんなことを言ってはいけないわ。きっと、何か理由があるのだから……」

『嫌よっ！』

エメラルドが嫌がるシルフを説得しようとするが、風の力を使いその場から姿を消してしまった。

「シルフ様……っ！」

ティアラローズがとっさに手を伸ばして引き留めようとしたが、その手は宙を掴んだだけだった。

「ごめんなさい。シルフはああ見えて、人見知りなところがあるの。シルフが失礼な態度をとってしまったこと、謝りますわ」

「……いいえ。こちらこそ、突然すみません」

あまりにも急展開過ぎて、物事の順序を忘れてしまっていた。ティアラローズは頭を下げ、エメラルドに謝罪する。

「わたくしは気にしていません。とても大変な事情があるということは、わかりますもの」

「エメラルド姫、事情は私からお話しさせてください」

「アクアスティード陛下……ええ、お願いしますわ。ここではなんですから、わたくしの部屋へ行きましょう」

ティアラローズたちは屋上からエメラルドの部屋に場所を移して、アクアスティードがことの事情を説明した。

エメラルドは深刻な表情で手を組み、深く息をはく。

最初に用意された紅茶は、もうすっかり冷めてしまった。

「まさか、そのようなことが起こっていたなんて……」

事情を聞いたエメラルドは、頭がくらりとした。

「ルチアローズ様が攫われたとあっては、心配で夜も眠れませんわね。心中、お察しいたします」

エメラルドは冷めた紅茶を飲み、小さく深呼吸を繰《く》り返《かえ》す。今聞いたことを、自分の中で整理しているのだろう。

そして真剣な瞳をティアラローズに向け、事実を口にした。

「……土の精霊のノーム様は、わが国と交流……取引をしています」

「本当ですか⁉」

「はい。わたくし自身は、ノーム様と直接お会いしたことはありません。おそらく、シルフくらいでしょうか。ノーム様はあまり、交流を持たれる方ではないようです」

思った以上の収穫《しゅうかく》に、ティアラローズは期待を込めた眼差しでエメラルドを見る。

彼女自身はノームを知らないようだが、間に入ってもらいシルフに事情を説明してもらえばノームに接触出来るかもしれない。

「取引があるということは、その……ノーム様の近くまで行くことは出来るんでしょうか？」

ティアラローズの質問に、エメラルドは「順に説明しますね」と、フィラルシアとノームの関係を話してくれた。

「ノーム様の治める地は、ここフィラルシアにあります。……正確には、地下にその国への入り口がある、と言った方がいいでしょうか」

そのため、正確な国の広さはわからないのだとエメラルドは言う。

「エルリィ王国は、ノーム様が頂点に立つドワーフたちの国なのですよ」

「ドワーフ⁉」

エメラルドの言葉に、全員が驚く。

「驚くのも無理はありませんね。ドワーフは、空想上の生き物だと思われていますから」

「はい……。まさか存在しているなんて、思ってもみませんでした」

——この世界は、知らないことがまだまだ多すぎる。

妖精まではゲームに出てくる設定だったけれど、精霊やドワーフはまったくの予想外だ。

このままでは、ドラゴンなんかが出てきてもおかしくはない。

「彼らは、鍛冶を生業にして生きています」

「鍛冶、ですか」

「はい」

鍛冶といえば、剣などの武器がすぐに思い浮かぶ。

——確かに、ドワーフが鍛冶職人の漫画《まんが》やゲームは多かったわね。

ティアラローズはそんなことを考えていたが、隣にいるアクアスティードは深刻な表情でエメラルドを見た。

「取引をしていると、言いましたね。それは、彼らの作った武器と……ということでしょうか？」

「——っ！」

アクアスティードの言葉を聞いて、ティアラローズはハッとする。

——そうか、ドワーフの武器がすべてフィラルシアに流れているとしたら……。

平和な小国ではなく、驚異的《きょういてき》な武力を持つ国という判定をしなければならなくなる。

それは近隣諸国《きんりん》への脅威《きょうい》にもなりえる。

しかし、アクアスティードの心配は杞憂《きゆう》に終わった。

「いいえ。武器の取引は行っていません」

エメラルドの言葉に、ほっと胸を撫でおろす。

「この国は、戦《いくさ》に手を染めたりはしません。ドワーフたちが作ってくれるのは、風車の部品や、農具。それからフライパンなどの調理器具と、お菓子《かし》を作るときに使う型など日常生活で使うものですね」

フィラルシアからは食料を提供し、その代わり、エルリィ王国からは農作業や家事に使う道具類を用意してもらっている。

金銭のやり取りもあるが、物々交換《ぶつぶつこうかん》であることがほとんどだ。

「お菓子の道具をドワーフたちが……!?」

素敵《すてき》なワードが出てきて、思わず反応してしまった。

ティアラローズは口元に手を当て咳払《せきばら》いし、「続けてください」と微笑む。

「取引を行っているのは、とある商会です。そこの一部の人たちだけがエルリィ王国の存在を知っていまして、ドワーフたちとやりとりしているんです」

なので、普段《ふだん》やり取りをしているのは人間とドワーフなのだとエメラルドが説明してくれた。

「わたくしが知っているのは、これくらいです。ドワーフたちは……気難しいところもありますが、優しい種族です」

自ら進んで争うタイプではないと、エメラルドは言う。

しかしそうなると、最初の問題に戻る。

「……ノーム様は、なぜルチアローズ様を連れ去ったりしたのでしょう。シルフから話を聞いたことはありますが、ノーム様は引きこもっていて、めったなことでは地下から出ないそうです」

だから今回のことにエメラルドは驚いたのだ。

「そうだったのですね」

ティアラローズはどうしたものかと、悩む。ノームの性格が多少見えたような気もするが、まだまだ情報は少ない。

やはりシルフに取り次いでもらう以外ないと、今度はアクアスティードが口を開く。

「それは直接聞いてみるしかありませんね。エメラルド姫、もう一度シルフ様と話をすることは可能ですか？」

「もちろんです。わたくしからも、シルフにお願いしてみますわ」

「ありがとうございます」

エメラルドは宙へ手を差《さ》し伸べて、先ほどと同じようにシルフを呼んだ。すると、風が集まりシルフが姿を見せた。

『……なによ。私は、そいつらなんて知らないのに』

シルフは再び現れたものの、ぷいっと顔を背《そむ》けてしまった。そしてまた、エメラルドの後ろに隠れてしまう。

しかしエメラルドが呼んだら来てくれたので、根はいい子なのかもしれない。

「そんなに不機嫌になるものではないわ、シルフ。ティアラローズ様たちがお困りだから、協力してほしいのよ」

『どうして私が、そんなことを……』

絶対に嫌――と、シルフはそう続けようとしたのだろう。しかしそれは、キースの睨《にら》みによって続かなかった。

「お前、いい加減にしろ。こっちは急いでるんだ」

キースはそう言って椅子《いす》から立ち上がると、シルフの方へとずかずか歩いていく。

しかしシルフも、後ずさってキースから距離《きょり》をとる。

『な、なによ！　私は風の精霊シルフよ！　そんな風に脅《おど》していいと思ってるの⁉』

「はっ、精霊がそんなに偉《えら》いのか？」

『……っ⁉』

正面切って堂々と言い放つキースに、シルフは動揺《どうよう》を隠せない。だって、自分にそんなことを言ってくる奴は今までいなかった。

『私に偉そうな口を利《き》いて、ただで済むとは思わないことね。風よ！　私の声に応え、渦《うず》を巻き、鋭利《えいり》な刃《やいば》を作りなさい‼』

シルフの力強い声に空気が圧縮されて、渦巻《うずま》いた風の刃が出来上がる。そして彼女は、それをキースめがけて打ちつけた。

「シルフ、何をしているの‼」

『ふんっ、風の精霊である私に歯向かおうとするからこうなるの――っ⁉』

エメラルドが声をあげ、ティアラローズは息を呑《の》む。まさか、魔法を使ってくるなんて。けれど、相手が悪い。

「キース！」

ティアラローズがとっさにキースの名前を呼ぶも、当の本人はなんでもないとばかりに余裕《よゆう》の笑《え》みを浮かべていた。

「こんなちんけな風で、俺をどうにか出来ると思ってるのか？」

キースがパチンと指を鳴らすと、シルフの作り上げた風が散った。

「クレイルのくしゃみの方が、まだ強い風になるぜ」

くつくつ笑い、キースは「終わりか？」とシルフを挑発《ちょうはつ》する。

『――っ！』

シルフはカッとなって、『そんなわけないじゃない！』と啖呵《たんか》を切る。

『風よ、舞い散《ち》る葉を集め、その一枚一枚に命を宿して武器とせよ‼』

窓が開き、外から風と共に落ち葉が入ってくる。しかもその一枚一枚が刃物《はもの》のように鋭《するど》く、当たれば大怪我をしてしまう。

その葉の数は百枚ほどある。すべて避《さ》けることなんて、さすがのキースでも難しいだろう。

「へえ……そう来るのか」

魔法を仕掛《しか》けられている側のキースは、先ほどと変わらず余裕の笑みを浮かべる。いや、それだけではなく――どこか、憐《あわ》れむような。

『この百枚の葉をすべて避けるなんて、不可能なんだから！　風よ、舞え‼』

シルフの言葉と同時に、百枚の葉がキースめがけて飛んでくる。けれど、キースの笑みが崩《くず》れることはない。

「──葉よ、俺の声を聞け」

静かに紡《つむ》がれたキースの声に、シルフが操《あやつ》ったはずの葉が応えた。

舞っていた風はその速度を上げ、キースを中心に下から上へと勢いよく上っていく。その百枚の葉一枚も残らずに。

葉はまるで意思を持っているかのように、キースの周囲に浮いている。いつでも、シルフを攻撃《こうげき》することは簡単だと言わんばかりに。

『嘘《うそ》、どうして……私の魔法が乗っ取られたの!?　そんなこと、出来るわけない!!』

シルフは悲痛な叫びをあげ、震《ふる》える足で後ずさる。──が、それをキースが追いかける。

部屋の隅《すみ》まで下がって退路が塞《ふさ》がると、キースが拳《こぶし》を壁《かべ》にぶつけた。

『きゃっ！』

「残念だったな、自慢の魔法が通用しなくて」

戸惑い涙目になるシルフを見て、ティアラローズが慌てて立ち上がる。確かに急いではいたが、ここまで強硬《きようこう》手段に出てしまうなんて。

「キース、乱暴は──」

すぐに止めようとしたが、キースが左手でティアラローズの言葉を静止する。

「わかってるよ、俺だって本気じゃない。――が、お前はまだ若い精霊だろう？　さすがに俺くらい生きていれば、その程度はわかる」

『えっ、えっ、え……っ？』

「なんだ、俺が人間じゃないことはわかっても、正体まではわからなかったのか」

シルフの反応を見て、キースはくつくつ笑う。

「俺は森の妖精王だ。若い精霊ごときが、勝てると思うな」

『～～～っ！』

だから駄々《だだ》をこねて、こちらを困らせるんじゃない。キースがそう言うと、宙に浮いていた葉が力を失い床《ゆか》へと落ちた。

シルフは口を噤《つぐ》んで涙目になってしまった。

その様子を見ていたエメラルドは、「まあ……」と頬を緩める。

今まで、シルフは風の精霊として常に上位に立っていた。この国ではエメラルドとしか交流はないが、常に自分が上であるという自覚があった。

しかし、そんなシルフの前に初めて――自分よりも、格上の存在が現れた。逆らってはいけない相手が、いたのだ。

『私は、私は……』

「なんだ、まだ教えないっていうのか？」

キースがもうひと睨みすると、シルフはぶんぶん首を振った。

『キース様のためなら、どんな命令だって聞くわ。きっと私たちがこうして出会ったのは、運命だったのよ』

「……は？」

今度は、キースの目が点になった。

自分に強気な態度をとる相手が今までおらず、初めてキースの俺様部分に触れてしまったシルフは――あっという間に恋《こい》に落ちてしまったようだ。

思わぬ急展開に、全員が言葉を失う。

『ノームとは昔からの知り合いで、私がいないと食料調達だって出来ないのよ！　鍛冶のことばっかり考えてるような奴だから……その、ルチアローズ様を連れ去った理由はわからないけど』

そもそもノームがそんなことをしたことも、シルフは知らなかった。これは調べてみる必要がありそうだ。

『とりあえず行ってみましょう。もう夜だけど、どうする？　私はいつでもいいわよ』

「すぐに行きたいです！　お願いします、シルフ様」

確かに、フィラルシアには夕方到着したばかりだ。体調が万全《ばんぜん》かと問われたら、ティアラローズは少し不安が残る。

しかしそんなことより、ティアラローズにとってはルチアローズとの再会の方が何倍も重要だった。

『……わかったわ、準備して』

ティアラローズが食い気味で答えると、シルフは頷いた。

ノームはルチアローズを抱きかかえ、炎霊の火の前までやってきた。街から少し離れた場所にあり、絶え間なく炎を上げている。

炎霊の火とは、炎霊の鉱石が燃えている状態のことを指す。

クリスタルに似た形の鉱石で、その大きさは数メートル。地面に置かれている鉱石の根本からは、まるで花が咲《さ》いているように同じ鉱石が広がっている。

本来、炎霊の火は十メートルほどの高さがあった。

けれど……その火は少しずつ、けれど確実に小さくなっていっていた。今ではもう、半分ほどの高さしかなくなってしまっている。

はるか頭上にあった白い炎が、今はひどく近い。

「ふぇ……」

ルチアローズは目の前の大きな炎が怖《こわ》いのか、ぐずついた顔を見せている。せっかくメイドたちがあやしてご機嫌《きげん》な状態にしてくれたというのに、これではまた泣いてしまう。

『お願いだから、泣かないで……』

こっちまで泣きたくなってしまう。

すると、炎霊の火からパチッと火花が散った音がした。それと同時に、カランと地面に何かが転がる音。

ルチアローズはそれが気になったようで、視線を下に向けた。そこにあったのは、綺麗な赤色の宝石。

『炎霊の火からは、宝石が飛び散るんだよ。美しいでしょ？』

「あー！」

『……気に入ったみたいだから、あげる』

ノームが宝石を拾ってルチアローズに手渡《てわた》すと、嬉しそうに笑顔を見せてくれた。そのことにほっとして、ノームは肩の力を抜く。

『笑顔を見せてくれるあなたに、ボクは……。でも、そうしないとこの国が……』

「うー？」

うつむいてしまったノームを見て、ルチアローズが不思議そうに目をぱちくりさせる。どうしたの？　と、心配してくれているみたいだ。

『ごめんね、ルチアローズ。あなたの中にある火の魔力で、炎霊の火を復活させてほしいんだ』

けれどまだ、消えかかった炎霊の火を復活させるにはルチアローズの魔力が足りない。そこを、共鳴することにより一気に魔力を増やす。

小さな子どもに、なんとも非道な方法を押し付けるのだろうと、ノームは自分でも思う。

『ごめんね、ルチアローズ』

ノームの謝罪の言葉と同時に、ルチアローズの魔力と共鳴が起こり――魔力が爆発的《ばくはつてき》に大きくなった。

ノームはルチアローズを炎霊の火の近くへと座らせて、様子を見る。

「ふえぇぇっ」

すると一気に強くなったルチアローズの魔力が暴走を起こし、その力が衝撃《しょうげき》となり四方に散る。その力が洞窟の天井《てんじょう》へとぶつかり、大きな岩が落ちてきた。

『わわっ！　土の結界！』

慌てて結界を張り、どうにか事なきを得る。

『……ふう』

しかしノームが安心したのも束の間で、第二、第三の岩が落ちてきた。しかも、ノームではなくルチアローズの方へ。

その岩の大きさは、ゆうに一メートルを超《こ》えている。

『――危ないっ！』

急いでルチアローズに結界を張ろうとするも、落ちてくる岩の方が一瞬早かった。

――潰《つぶ》される。

ノームがそう思ったのと同時に、ルチアローズが指にはめていた指輪が光った。それはルチアローズに淡い光の結界を張り、いとも簡単に守ってみせる。

そしてすぐに、落ちてくる岩へ向かい光の矢が放たれ――それを打《う》ち砕《くだ》いてしまった。

『ど、どういうこと……？』

ルチアローズを見ると、涙ぐんでいるだけで何かをしたようには見えない。ひとまずよかったと思うほかない。

『……？　ルチアローズの付けていた指輪が、彼女を守った……ということ？　これは、魔法アイテム？』

鍛冶好きのノームは、剣を作ることはもちろんだが、こういったアイテム類を見ることも大好きだ。

好奇心《こうきしん》に輝《かがや》く瞳で、ルチアローズの指輪を見る。

『これはすごい！　二つの指輪に、防御《ぼうぎょ》と攻撃の効果が付与《ふよ》されてる！　このレベルのものは、そう簡単に作れるものじゃない……』

きっとすごい職人があつらえたものだろうと、ノームの胸が弾《はず》む。

『――って、今はそれどころじゃなかった。ルチアローズに、炎霊の火を復活させてもらうんだった……！』

「ふえぇぇんっ」

『ごめんね、少しだけ力をかり――えっ⁉』

ノームがルチアローズと一緒に炎霊の火に近づこうとすると、その火がゆらめいてその大きさをさらに一回り小さくしてしまった。

その高さは、三メートルほどだろうか。

『嘘、そんな……すぐに力を与《あた》えれば、間に合うはずっ‼』

ノームはルチアローズの手を取り、炎霊の鉱石へ触れる。

炎霊の火は上へ行くほど炎が白くなっており、熱いのは上部だけ。ルチアローズとノームがいる地面に近い場所は、実は別段熱くないのだ。

「あうぅぅ〜」

『そんな……炎霊の火が、復活しない。ルチアローズの火の魔力でも、足りないっていうのか……』

自分がルチアローズと共鳴すれば、魔力が上がり炎霊の火を復活させることも可能だと思っていた。

――当てが、外れた。

『どうしよう……』

ノームは小さくなってしまった炎霊の火を見ながら、項垂れた。


『こっちよ、キース様』

「くっつくんじゃねえ、離れろ」

『ああっ』

シルフがるんるん笑顔でノームの下へ案内してくれているのだが、キースに絡《から》んで迷惑《めいわく》がられている。

ティアラローズ、アクアスティード、エメラルドはそれを後ろから見ながら、顔を見合わせて苦笑するしかない。最後尾《さいこうび》には、エリオットとタルモがいる。

「それにしても、こんなところにノームの国へ繋がる道があったんですね」

アクアスティードは壁をコンコン叩《たた》きながら、一歩後ろを歩くエメラルドを見る。

「はい。ですが、内密にお願いいたします。彼らは、ただ鍛冶をして、静かに暮らしたいだけなのですから」

「もちろんです」


今いる場所は、フィラルシアの首都の近くにある山の中の鍾乳洞《しょうにゅうどう》。

山までは馬で走っても三十分かからないので、かなり近い。

普段から取引をしているというから、近くに入り口があるだろうとは思っていたが……こんなところにあったとは。


鍾乳洞の中を一時間ほど歩くと、大きな扉《とびら》があった。

この扉の先がエルリィ王国になっているようで、商会の護衛をしている人間が二人ほど見張りとして配置されている。

ティアラローズたちに気付いた門番は、すぐに「何者だ！」と声を荒《あら》らげ剣を抜いてきた。しかしそれを制するように、エメラルドが前に立つ。

「わたくしです」

『私もいるわよ』

「エメラルド様に、シルフ様⁉」

「こんな夜中に、いったいどうして……」

門番はすぐに剣をおさめるが、戸惑いの色は隠せない。

けれど、それも致《いた》し方ないことで、エメラルドとシルフ以外は初めて見る顔で、しかも時間は真夜中。何か怪しい事件に巻き込まれているのでは？　と、考えても仕方がない。

エメラルドは、門番を安心させるように微笑んでみせる。

「早急《さっきゅう》に確認しなければならないことがあります。こちらの方たちは、わたくしの大切なお客様です」

「失礼いたしました」

「扉を開きます」

門番が扉に手をかけ、開く——と思いきや、なかなか開かない。

「……ん？」

「どういうことだ、いつもは開くのに」

戸惑いを隠せない門番たちに、エメラルドは「何かあったのですか？」と問う。

「すみません、原因はわかりませんが……扉が開きません。普段は夜中でも開くのですが」

「ドワーフたちから、こちらへの連絡はきていません」

さっぱり理由がわからないと、門番たちもお手上げ状態のようだ。

「そんなことがあるのか？」

『私がやってみるわ』

キースが訝《いぶか》しむと、すぐにシルフが扉に手をかけた。人間に開けることが出来なくても、精霊であれば開けられるかもしれない。

『んぐぐっ』

しかし思いっきり扉を引っ張ってみるが、開かない。試《ため》しに押してもみたけれど、びくともしない。

『駄目ね。魔法がかけられているみたいで、全然開かないわ！　ノームは防御魔法に優《すぐ》れているから、破るのは難しいわね』

「そんな……」

シルフの言葉に、ティアラローズは顔を青くする。

普段は出入り自由なのに、このタイミングで開かない扉——何かあると言っているようなものだ。

「シルフ様、どうにかして他にエルリィ王国に行く方法はないんですか⁉」

『……ないわけじゃないけど、この山の中腹の洞窟から下って行かなきゃならないから、大変よ？』

「この山の中腹……」

鍾乳洞に入る際、山全体を見たが……かなり高かったことを思い出す。

自分に登れるだろうかと、ティアラローズは息を呑むが――女には、やらなければならないときがある。

「いけるわ！」

拳を握《にぎ》りしめて、ティアラローズは大きく頷いた。


ティアラローズが空を見上げると、ひゅおおおおと風が吹いた。

岩がむき出しの山で、木々の割合がひどく少ない。登山経験が少ないティアラローズでは、山の中腹まで行くのはかなり厳しいということが一目でわかる。

――というか、足手まといになる予感しかしないわ。

母になるには、体力も必要だったのだと項垂れる。

けれど、自分の娘のためであればそんな弱音をはいているわけにもいかない。そう考えていたら、頭にぽんとアクアスティードの手が置かれた。

「ティアラ、あまり無理をする必要は――」

ないと、そうアクアスティードが言うのを「絶対に行きます」とティアラローズの言葉が遮《さえぎ》る。

「……足手まといだということは、わかっています。ですが、わたくしも……ルチアを助けに行きたいんです」

我儘《わがまま》でごめんなさいと、ティアラローズは拳を握る。けれど、これぱかりは、どうしても許してほしい。

ティアラローズが真剣な瞳でアクアスティードを見つめると、優しく目が細められた。

「わかった。ティアラの気持ちは、私も痛いほどわかるからね」

「ティアラ一人くらい、俺が面倒みてやるよ」

「アクア、キース……。ありがとうっ」

自分も一緒に行けることになり、ティアラローズはほっとする。

「それじゃあ、私とティアラ、キースがシルフ様の案内で進むとして……エリオット、タルモ」

「はい」

「はっ！」

アクアスティードに呼ばれ、後ろで控えていた二人が声をあげる。それを見て、アクアスティードは指示を出す。

「二人は、エメラルド姫を城までお送りしてくれ」

「わかりました。エメラルド姫は、私たち二人がしっかり護衛して送ります」

「よろしく頼む」

本当であれば、エリオットもタルモもアクアスティードとともに行きたいと考えている。

しかしそれは、現実的ではない。

残るエメラルドを無事に送り返すというのも、大切な役目だ。

「よろしくお願いいたします、エリオット様、タルモ様」

「いいえ、こちらこそ。道中に不便があれば、遠慮《えんりょ》なくおっしゃってください」

「ええ」

こうして、ティアラローズたちはノームがいるエルリィ王国へ。エリオットたちはフィラルシアの王城へと戻っていった。


登山装備の準備をすることもなく、ティアラローズ、アクアスティード、キース、シルフの四人は山を登り始めた。

これはかなり大変そうだと、ティアラローズが気合いを入れていると、キースに腕《うで》を掴まれ——次の瞬間《しゅんかん》には、山の中腹にいた。

「えっ⁉」

突然の出来事に、ティアラローズは目を瞬かせる。

あんなに決意して登ろうとしていた山だったのに、一瞬で移動が完了《かんりょう》してしまった。体力なんて、一ミリくらいしか使っていない。

「……ありがとう、キース」

「おう」

転移するキースもたいがい反則だなと思いつつ、ティアラローズは周囲を見回す。

『ちょっと、私だけ置いていかないでよ！』

「遅いぞ、シルフ。とっとと入り口に案内しろ」

遅《おく》れて転移してきたシルフは、『仕方ないわね……』としぶしぶながらも歩き出した。

シルフは五分ほど歩いたところで足を止める。

『ここの入り口は、魔法がかけてあるから普通《ふつう》の人にはわからないの。私以外で知っているのは、それこそノームくらいね』

そこはただの岩があるだけで、エルリィ王国に続く洞窟があるようには見えない。

「……かなり巧妙《こうみょう》な魔法のようですね。私一人だったら、気づかなかったかもしれない」

アクアスティードがそう言うと、シルフが少し得意げになる。

『そうよ、ノームはすごいんだから！』

「そのすごいノームが人攫いをしてるんだぞ」

『あ、それは……すぐに行ってノームに確認するわ！』

シルフが魔法を使うと、アクアスティードたちの目にも洞窟の入り口が見えた。

「これで入れるわ、行きましょう」

暗い洞窟の中にアクアスティードたちは足を踏《ふ》み入《い》れた。


そして辿り着いたのは、探し求めていたノームの国——エルリィ王国。


エルリィ王国は、とても活気があり熱気に満ちていた。

夜中だというのにカーン、カーンという鉱石を叩く音が響き、昼夜を問わず仕事をしているということがわかる。

街へ入ると、通りで剣の販売《はんばい》・展示をしている様子が目に映った。

そのどれもが業物《わざもの》の武器や防具で、マリンフォレストで国宝級の扱《あつか》いになっているものと同じ価値があるだろう。

しかしそれ以上に、農具や調理器具が各種取《と》り揃《そろ》えられている。

エメラルドに話を聞いた通り、今は武器よりも道具類を作ることの方が多いようだ。

生活しているドワーフを見たキースは、「まだこんなに生きていたのか」と驚いた。

「ドワーフたちと私たちでは体型が違《ちが》いすぎるな……このままで大丈夫なのか？」

「確かに……。わたくしたち人間がいきなり現れたら、驚かせてしまうかもしれません」

アクアスティードの言葉にティアラローズが同意すると、シルフは首を振る。

『大丈夫よ。ドワーフたちはフィラルシアの人間を見ているから、警戒《けいかい》することはないはずよ』

不信感を与えてしまうといけないので、せめて外套《がいとう》の類をとアクアスティードは思ったが、問題はないようだ。

『ノームのところに行きましょう、鉱石の城にいるはずよ』

「ええ、案内を頼みます」

『任せてちょうだい。キース様、私とっても役に立ってますよねっ⁉』

シルフはキースにアプローチしつつ、堂々と大通りを歩いていく。

「……シルフ様の言った通り、ドワーフたちは私たちのことは気にしていないみたいですね。ちょっと安心しました」

もしノームのところへ行くまでに、ドワーフから不審者《ふしんしゃ》だと思われてしまったら……と、ティアラローズは多少不安なところもあった。

『まあね。彼らが鍛冶以外にそこまで関心がないっていうのもあるけど……』

「そうなんですね。……あら？」

ふいに、ドワーフたちの話し声が耳に入ってきた。


「うちの工房《こうぼう》の火力が弱くなっちまったんだが、お前のとこはどうだ？」

「なんだ、そっちもか!? うちもだ。これじゃあ、仕事にならん！」

「もしかしたら、炎霊の鉱石に何かあって、火が弱くなったんじゃないか？」

「でも、そんなこと……あるか？」

「ノーム様が守ってくれてる火だからなぁ……」


――火？

ノームの国に、何か大変なことが起きているとティアラローズは察する。しかし、理由まではわからない。

「これは少し調べた方がよさそうだな」

「ああ。というか、シルフは何か知らないのか？」

『えぇっ⁉　ドワーフたちの使う火って言ったら……街外れにある炎霊の火のことかな。この国の大切な炎で、ノームやドワーフたちが使う火の源みたいなものなの。鍛冶にはこれが欠かせないのよ』

シルフの説明を聞き、アクアスティードはなるほどと頷く。

「なんらかの原因で弱まってしまった炎霊の火を、ルチアの体内に宿っている火の力で復活させようとしている可能性が高いな」

「そんな……、では、ルチアは火を燃やすために攫われたということですか？」

ティアラローズはぐっと拳を握りしめ、湧《わ》き上がる怒《いか》りのような感情に耐《た》える。もしそうなら、ルチアローズを道具としてみているようなものではないか。

「ティアラ、そんなに力強く握ったら手を痛める」

「アクア……すみません」

握りしめていた手を開くと、薄《う》っすら爪《つめ》の食い込んだ痕《あと》が残っている。

それを見て、キースはティアラローズの頭にぽんと手を載《の》せる。

「まだ火が弱いままだから、ルチアは無事だ」

「そうよね、ルチアはきっと元気にしているわよね」

「ああ」

ティアラローズは深呼吸して、気持ちを落ち着かせた。

『でも……人間の、しかも子どもに炎霊の火を強くするだけの魔力があるとは思えないよ。違う可能性もあると――』

しかしシルフの言葉を遮り、キースがその考えを否定する。

「いいや、十中八九そうだろうよ。サラマンダーの炎ほど、鍛冶に適しているものはない」

『えええぇっ、ルチアローズ様ってサラマンダー様のことなの⁉』

「似たようなもんだ。とりあえず、急ぐぞ！」

キースのざっくりとした返しに慌てつつ、シルフは大変なことが起きていることはわかったので鉱石の城に向けて走り出す。

まっすぐ進むと、あっという間にノームの居住の鉱石の城に到着した。

鉱石の城の扉には、門番をしているドワーフの兵がいた。――が、そんなのに構っている余裕なんてない。

「な、なんだお前たちは‼」

「止まれ、ここはノーム様の――」

キースが腰の扇《おうぎ》を取り、疾風《しっぷう》を一撃《いちげき》。

あっさり兵を気絶させて、そのまま魔法で扉を破壊《はかい》してしまう。

いつも以上に乱暴なキースだが、ティアラローズに止める余裕はまったくない。それはアクアスティードもしかり。

むしろ、キースがやらなければアクアスティードがそうしていただろう。

「ルチアの気配は上だ」

「すぐに取り返す！」

鉱石の城へ足を踏み入れると、メイドや使用人など多くのドワーフがいた。全員が何事かと驚いているが、気にせず階段を駆け上がる。

「シルフ、そっちは任せたぞ！」

『えっえっ、私が⁉』

群がってくるドワーフたちに、「どういうことですかシルフ様‼」と問い詰められてシルフは足を止める。きっと、こちらの事情を説明してくれるだろう。

その隙《すき》に、ティアラローズたちはルチアローズの魔力の気配がする部屋を見つけ扉を開けた。

「ルチア‼」

ティアラローズとアクアスティードが愛《いと》しい娘の名前を呼ぶと、すぐに元気な笑い声が聞こえてきた。

「あーう、きゃぁ～！」

「無事……だった」

「ルチア……」

笑顔でこちらに手を伸ばすルチアローズの下へ行き、ティアラローズとアクアスティードはその小さな宝物を抱きしめた。

第三章　共鳴のかけひき

風の精霊シルフを案内役に、ティアラローズ、アクアスティード、キースは四人でエルリィ王国へと向かった。

フィラルシアの王城では、エリオットとタルモが帰りを待っているところだ。

エリオットは用意されたゲストルームの窓から、外を眺《なが》める。

「アクアスティード様なら大丈夫《だいじょうぶ》だとわかってはいるんですが、やっぱり心配なものは心配ですね……」

自分の主人は強すぎて、エリオットや騎士《きし》たちでは敵《かな》わない。

側近なのにそれはどうなんだ？　と考えもしたが、いくら鍛錬《たんれん》してもアクアスティードは簡単に先へ行ってしまう。

「……戻《もど》られたときのために、紅茶とお菓子《かし》でも用意しておきましょうかね」

それから、ルチアローズのためのベッドも。

休んでいる暇《ひま》はないと、エリオットは三人の帰りを信じて準備を始めた。


「あ〜！」

やっとママとパパ——ティアラローズとアクアスティードに会えたルチアローズは笑顔《えがお》で、小さな手でぎゅっと抱《だ》きついてきた。

「無事でよかったわ」

「ああよかった、もっと顔を見せてルチア」

「う？」

ティアラローズは安心して、長い息をはく。

アクアスティードは、ルチアローズに怪我《けが》はないか念入りに確認《かくにん》している。

「怪我も……ないみたいだね」

大丈夫そうだと、アクアスティードはほっと胸を撫《な》でおろす。すると、キースが「元気そうだな」とルチアローズの頭を撫でた。

こちらも安心したようで、ふうと息をつく。

「にしても、連れ去られてここまで堂々としてるとは……さすがだな」

なんて言って、キースは笑う。

「泣きわめているよりはいいさ」

と、アクアスティードが返す。

すると、「あ、あのぅ……」と声をかけられた。

アクアスティードが視線を向けると、そこにはメイドのドワーフが二人いた。

手にはガラガラを持っているので、ルチアローズの世話をしてくれていたのだろうということがわかる。

「姫《ひめ》様とは、どういったご関係でしょうか？」

「とっても嬉《うれ》しそうにしているので、ご家族でしょうか？」

おずおず様子を窺《うかが》いながら問いかけてくるメイドに、アクアスティードは頷《うなず》く。

「アクアスティード・マリンフォレスト、私はこの子——ルチアローズの父親だ」

「お父様！」

「とても素敵《すてき》!!」

名乗ると、メイドたちはわっと盛り上がる。

ティアラローズもルチアローズを抱いたまま立ち上がって、メイドたちを見る。

「わたくしは、ティアラローズ・ラピス・マリンフォレスト。ルチアの母親です」

「お母様！　お美しいわ……」

メイドたちはティアラローズの美しさに瞳《ひとみ》をキラキラさせて、ルチアローズが可愛《かわい》いのも納得《なっとく》だと盛り上がっている。

しかしふと言葉を止めて、名前の心当たりに気付く。

「あら、待って……マリンフォレストって……大国ではなかったかしら？」

「そうだわ、本で読んだことがあるわ。ノーム様、そんなすごいところから姫様を連れてきてしまったの？」

とたんに、メイド二人の顔が青くなる。

「まさかマリンフォレストの姫様だとは知らず、大変失礼いたしました!!」

「姫様には、傷一つつけておりません!!」

メイドたちはすかさず頭を下げ、非礼を詫《わ》びる。

しかし、謝ったから、はい許します……というわけにもいかない。

どうしたものかとアクアスティードが思案していると、ルチアローズが「あー」とメイドたちに手を伸《の》ばした。

「ルチア？」

「姫様……？　あ、もしかしてこれがほしいのでしょうか？」

メイドは手に持っていたガラガラを振《ふ》って、ルチアローズに見せる。するとルチアローズが手を伸ばしたので、メイドがガラガラを渡《わた》してくれた。

どうやら、随分《ずいぶん》と気に入っているようだ。ティアラローズはガラガラを落とさないように、一緒《いっしょ》に持ってあげる。

ルチアローズはガラガラをぎゅっと握《にぎ》りしめて、アクアスティードに振ってみせた。どうやらアクアスティードに見せたかったようだ。

「上手だね、ルチア」

「あいっ」

さらによくよく部屋の中を見回すと、たくさんのおもちゃがあることがわかる。ガラガラやぬいぐるみなど、可愛らしいものが多い。

——ルチアのことを考えて、こんなに用意してくれたのね。

しかしルチアローズが攫《さら》われてここへ連れてこられたのは事実なので、なんとも微妙《びみょう》な気持ちになってしまう。

——悪いのは、ノーム様だけ？

ティアラローズがルチアローズをあやしながら部屋の中を見ていると、ひときわ目を引くものがあった。

——岩で出来た、獅子《しし》のおもちゃ？

ドワーフが作ったものだろうか。……それとも、ノームが？

どちらにしろ、かなり精巧《せいこう》に作られているなとティアラローズは思う。相当な腕《うで》がなければ、この完成度には行きつかないだろう。

じっと見つめていたら、アクアスティードの視線も同じように獅子へ向けられた。

「すごいな、岩の獅子か」

「まるで本物みたいですね」

すると、ティアラローズの腕の中でルチアローズがばたばたし始めた。

「あ、あーっ」

アクアスティードが見ていたからか、ルチアローズは岩の獅子へ手を伸ばす。どうやら、獅子で遊びたいみたいだ。

「駄目《だめ》だよ、ルチア。今はママに抱っこしてもらおう？」

「うー……あう」

言い聞かせるアクアスティードの言葉に、ルチアローズは素直《すなお》に頷く。ママという単語を聞き取ることが出来たのだろう。

ティアラローズに、ぎゅっと抱きついた。

「ルチア……！」

きゅんとして、ティアラローズもルチアローズを抱きしめ返す。久しぶりの娘《むすめ》の匂《にお》いに心底安堵する。

その様子を見ていたキースが、ルチアローズの頬《ほお》を指先でつつく。

「わかるのか、偉《えら》いな」

「あー！」

キースはそう言って、じっとルチアローズを見つめる。その瞳はとても真剣《しんけん》で、アクアスティードは「どうした？」と問う。

ティアラローズも、ルチアローズに何かあったのではとハラハラする。そして、キースの視線がルチアローズの瞳へ向けられていることに気付く。

見ると、ルチアローズの瞳の奥がキラキラと輝《かがや》いている。きっと、言われなければ気付かなかっただろう。

まるで宝石のような美しい瞳に、ティアラローズは目を瞬《しばたた》かせる。

「目が……」

「どういうことだ？」

ティアラローズとアクアスティードは、理由を知っているのではとキースを見る。

「……ルチアの魔力《まりょく》が、かなり増えてるな。おそらく、ノームと接触《せっしょく》して共鳴したのが原因だろう」

溢《あふ》れ出《で》そうになっている魔力が、瞳に現れているだけだとキースが告げる。別に、悪いものではないし、次第《しだい》に収まるだろう――と。

「大丈夫ならよかったわ」

「なら、一刻も早くここから離《はな》れよう」

アクアスティードがすぐに踵《きびす》を返《かえ》すと、『キース様～！』というシルフの声。

「あ、馬鹿！　こっちに来るな！」

『え？』

キースの声を聞き、シルフはピタリと足を止める。

「んで、共鳴しないように魔力を抑《おさ》えろ！」

『は、はいっ！』

シルフはキースに言われた通り、自分の魔力を抑えた。これで、他者に影響《えいきよう》を与《あた》えることはないのだが……いったいどうして？　と、首を傾《かし》げた。

そしてルチアローズを見つめ……ハッと目を見開いた。

『その子、サラマンダー様の魔力がある!?　まさか、こんな赤ちゃんに……。だから私に、魔力を抑えろって言ったのね』

なるほどなるほどと、シルフはひとり頷く。

そしてルチアローズをまじまじと見て、その魔力の大きさに驚《おどろ》いた。

『すごい魔力。まだコントロールがちゃんと出来ていないのね。しかも、かなりギリギリのラインっぽい……私が魔力を抑えず共鳴しちゃったら、きっと暴走してたわね』

暴走したら、鉱石の城ごと爆発《ばくはつ》してしまうだろう。

怪我人《けがにん》も多く出るだろうし、最悪、天井《てんじょう》部分まで崩《くず》れてエルリィ王国が埋《う》まってしまったかもしれない。

そう考えると、ぞっとする。

「あう？」

「ああ、大丈夫だよルチア。大きな声でびっくりしたね」

目をぱちぱち瞬かせているルチアローズを撫でて、アクアスティードは「行こう」とティアラローズとキース、シルフに声をかける。

「はい」

「長居をする必要もないしな」

ティアラローズとキースが同意するも、シルフが『待って』と声をかけた。

『もちろん帰るんだけど……でも、ノームの姿が見えないわね……ねえ、あなたたちノームを知らない？』

シルフは、姿の見えないノームのことが気になったようだ。

問われたメイドたちは、目を泳がせて顔を見合わせる。

しかし、シルフに隠《かく》し事《ごと》は出来ないと思ったのだろう。素直に口を開いた。

「……ノーム様はしばらく前に、消えかかっている炎霊《えんれい》の火を見に行くと」

『消えかかってる？　やっぱり、街のドワーフたちが話していたことは本当だったのね』

シルフの言葉に、メイドは頷く。

「……ルチアローズ様の火の魔力で炎霊の火を復活させようとされたらしいのですが、復活させるには……まだ足りなかったようです」

『そうなの』

先ほど想定していた通りの話に、シルフはため息をつく。

『足りなかったということは、ルチアローズ様では駄目だったということね。それで、ノームは炎霊の火のところにいるのね？』

シルフが確認のためメイドに声をかけると、首を振られてしまった。

「いえ、もうかなり時間が経《た》っているので移動していると思います。ただ、炎霊の火を見た後にどこへ行くかまでは教えていただけませんでした」

『出かける？　引きこもりのノームが？』

いったいどこに？　とシルフが問うも、メイドは「わかりません」と首を振る。

なんともしまりのない会話に、キースはため息をつく。

「つまり、ルチアを攫った張本人は不在っていうわけか」

『……そういうことになるわね。炎霊の火のところに行けば、もしかしたらいるかもしれないけど』

もちろんティアラローズたちも気がかりではあったけれど、それよりもルチアローズを連れて帰る方が重要だった。

どちらにしろ、後でまた来ればいい――と。

「あれは後回しでいい。今はフィラルシアに戻るぞ」

『わかったわ』

ティアラローズたちは顔を見合わせ、鉱石の城を後にした。


「ただいま戻りました」

ティアラローズたちがフィラルシアの王城へ戻ると、まっさきにエリオットとタルモが出迎《でむか》えてくれた。

「ああ、よかった……おかえりなさい」

「ご無事で何よりです」

エリオットとタルモは安堵《あんど》の息をついて、ティアラローズの腕の中ですやすや眠《ねむ》るルチアローズを見る。

「お怪我もなさそうですね」

「ああ。ルチアには傷一つない。……が、ノームと共鳴して、魔力が溢れている状態だ。しばらく、油断はできない」

「ノームと……！　わかりました。私も、注意しておきます」

ちょっとした様子の変化も、見逃《みのが》さないよう細心の注意を払《はら》う必要がある。エリオットは今まで以上に気を引きしめなければと、頷いた。

「お疲《つか》れでしょうから、今はお休みください。部屋に紅茶とお菓子と、お風呂《ふろ》もご用意していますから」

「ああ。すまないな、エリオット。休ませてもらう」

「はい」

アクアスティードは後ろにいたシルフを見て、頭を下げた。

「ルチアを助けるために協力してくれて、感謝します。ありがとうございます、シルフ様」

「わたくしからもお礼を。本当にありがとうございます、シルフ様」

『べ、別に！　私はキース様のために協力したんだから』

礼を言われたとたんに照れて、シルフは顔を逸《そ》らす。しかし少し考えたあと、ティアラローズの手をぎゅっと握った。

『だけど……ごめんなさい。まさか引きこもりのノームがこんなことをするなんて、私も思ってもみなかったから』

真剣な瞳のシルフに、ティアラローズは首を振る。

「……いいえ。シルフ様に謝っていただくことではありません」

『確かにそうね。でも……私は、ノームの唯一《ゆいいつ》の友達だから』

だから謝っておくとシルフが寂《さび》しそうに笑った。

ひと段落したので部屋へ戻ろう——というところで、寝《ね》ていたルチアローズがぱちりと目を開けた。

「あー……？」

「あら、起きちゃったのね」

ティアラローズに気付き、ルチアローズは大きな瞳を瞬かせる。じいっとティアラローズのことを見つめ、それから周囲を見て——泣きだした。

「ふえぇぇ、あぁんっ」

「ルチア⁉　どうしたの、大丈夫よ。ママもパパも、キースもエリオットもタルモも、みんないるわ」

もう帰ってきたから泣く必要はない、そう言おうとしたのだが——ティアラローズの瞳からも、大粒《おおつぶ》の涙《なみだ》が零《こぼ》れてしまった。

「……っあ、わたくし……」

「えぇぇんっ」

「ルチア……っ、本当に、本当に無事でよかった」

フィラルシアに戻ってきたことで、ピンと張っていた緊張《きんちょう》の糸が切れてしまったようだ。

ルチアローズをぎゅっと抱きしめて、ティアラローズはただただ涙を流す。すぐに拭《ぬぐ》わなければと思うのに、拭っても止まりそうにない。

「ティアラ、ルチア」

ぼろぼろ泣いている二人を、アクアスティードは優《やさ》しく抱き寄せる。もう何も怖《こわ》くないよ、大丈夫だよ、と。

「ごめんなさい、わたくし涙が止まらなくて……っ」

「そんなこと、気にしなくていい」

アクアスティードはルチアを抱いたティアラローズを横抱きにして、その目じりに優しくキスをおくる。

「あっ、アクア？」

「大丈夫、部屋に行くだけだよ」

「……はい」

そういえばここは王城の入り口だったと、ティアラローズは顔を赤くする。ここで泣き続けているのは、非常によろしくないだろう。

エリオットが先導し、タルモに護衛をしてもらいながらティアラローズたちは部屋への道を急いだ。


その様子を見ていたキースは、やれやれと肩《かた》をすくめる。

「今は三人にしといてやるか」

『そうですね。なら私たちは――デートでもしませんかっ？　キース様！』

「ひとまずクレイルにでも連絡《れんらく》するかな……」

『うぅ、素っ気ない……』

キースはシルフの言葉は聞かなかったことにして、同じようにその場を後にした。


「はー、思ったより早く解決してよかったぜ」

屋上へとやってきたキースは、ぐぐっと伸びをして眼前にそびえる山々を見る。

ゆっくり昇《のぼ》ってくる朝日に目を細めながら、こんな精霊がいる地はとっとと退散したいものだと思う。

でなければ、ルチアにどんな影響があるかわからない。

――ああでも。

「ノームの野郎《やろう》に借りは返さないと気がすまないけどな」

人間同士の問題であれば、アクアスティードにすべて任せようと思っていた。しかし、土の精霊ノームとエルリィ王国では話は別だ。

エルリィ王国なんて誰《だれ》も知らないし、人間の法が及《およ》ぶ場所ではない。

まったくやっかいなものだと、キースは笑う。

「まあ、その分――俺が許さないけどな」

『また物騒《ぶっそう》なことを口にしているな』

「――！　クレイルか」

一陣《いちじん》の風が、クレイルの声を届けた。

クレイルの使う風の魔法《まほう》で、遠くの相手と会話をすることが出来る。風が吹《ふ》くところであれば、どこまででも声を届けることが可能だ。

『そっちはどうなったの？』

「ルチアは無事だ」

『それはよかった。ノームの目的はわかったの？』

クレイルの問いに、キースはエルリィ王国のメイドとドワーフたちが話していたことを伝える。

鍛冶《かじ》を行うために使われている炎霊の火が消えかかっていて、その火を強めるためにルチアローズの持つサラマンダーの魔力を必要としたのだろうということ。

「あと、嫌《いや》な報告も一つ」

『……共鳴か』

「正解」

再会したルチアローズは、以前よりも魔力が増えていた。それは間違《まちが》いなく、ノームが近づいたことによって起こったことだ。

まだ魔力制御《せいぎょ》が上手《うま》く出来ない子どもなので、落ち着いているように見えても、かなり危ない状態だと言っていいだろう。

キースはため息をつく。

「今はまだ指輪が魔力を吸い取っているが、いつ壊《こわ》れるかわからないぞ？」

『だろうね。だから言ったんだよ。キースは、ルチアローズに祝福をするな……と』

「……ああ、そんなことも言ってたな」

森の書庫で、クレイルがキースに言った言葉だ。

『キースの祝福は――』

「ルチアがどうしようもなくなったとき、俺が祝福して助けてやる」

キースは慈《いつく》しむような笑《え》みを浮《う》かべ、空を仰《あお》ぐ。

「わかってるさ、それくらい」

言われなくてもそうするつもりだと、キースは言う。

もう駄目だとルチアローズが絶望の淵《ふち》に立ったとしても、自分の祝福で助けることができる。

だから今は、まだ祝福は贈《おく》らないのだと——そう、心に決めている。

しかしふいに、キースの顔から表情が消えた。

『キース？』

何かを察したクレイルは、キースを呼ぶ。しばしの沈黙《ちんもく》の後、キースの口からもれたのはため息だ。

「明日にでも帰る予定だったが……ちょっと面倒《めんどう》なことになりそうだな」

舌打ちしながら頭をかいて、キースはクレイルに「また連絡する」と言って屋上を後にした。

『は～、キース様って本当に格好いい……。そんなキース様に愛されているなんて、ルチアローズ様が羨《うらや》ましいなぁ』

うっとりした表情で、シルフはエメラルドの部屋の窓から景色を眺める。部屋の主は、すぐ横の寝室《しんしつ》でまだ夢の中だ。

普段《ふだん》の表情も、怒《おこ》ったときも、不機嫌《ふきげん》そうでも、全部格好良かったのだが……やっぱり一番は、ルチアローズに見せた優しい笑顔。

自分もあんな顔を向けられたいと、シルフは思ってしまう。

『あ、でも……ルチアローズ様を連れ戻したんだから、もうマリンフォレストに帰っちゃうのよね』

それは寂しいなと、シルフは落ち込む。

『……私もマリンフォレストについていっちゃうとか？』

それはなかなかの名案ではないだろうか、なんてシルフはにやりと笑う。長く生きている間に、そんな一時があっても楽しい。

『フィラルシアの風はすごく心地《ここち》いいんだけどね。マリンフォレストは、どんな風が吹いているのかしら』

考えると、ドキドキと胸が弾《はず》むのがわかる。

ああ、どうしよう。

本当にフィラルシアから出て、マリンフォレストに行ってしまおうか。考えるほど、シルフの胸の高鳴りは、強くなる。

しかし次の瞬間《しゅんかん》、静かな声にその思考はかき消された。

『……シルフ』

背後から聞こえたその声に、シルフは目を見開いてすぐに振り向いた。

『ノーム‼　あなた、自分が何をしたかわかってるの⁉』

『うう……っ』

突然《とつぜん》現れたノームだが、シルフの迫力《はくりょく》に一歩後ずさる。

そして手をもじもじさせながら、『仕方ないんだ』と言い訳を口にした。

『あの子の力がないと、炎霊の火が消えちゃうんだ……』

『だからって、していいことと悪いことがあるじゃない』

『……大丈夫だよ、終わったらすぐに返すつもりだったから』

ノームの返事に、シルフは盛大《せいだい》なため息をつく。

そういう問題ではないだろう、と。

『だってしょうがないんだ。ボクには強い火の魔力は作れないし、もし炎霊の火を復活させることができるなんてのは……サラマンダー様くらい？　でもボク、あの人は怖いからお願いするなんて絶対無理だよ……』

無理無理無理無理と、ノームは首を振る。

『本当なら、地下から出たくなかったんだ……。ずっと剣《けん》を打っていられたら、ボクは満足なのに』

ノームのダメダメな言葉を聞き、シルフはもう一度ため息をつく。

精霊という至高の存在のくせに、どうしてこんなにもうだうだしているのだろう……と。

『引きこもりのくせに……あ』

『……？』

シルフはノームの前に歩いていき、その髪《かみ》に着いた葉を取る。

『葉っぱがついてたわよ。まったく、こんなことにも気付かないなんて……駄目ね』

取った葉っぱをくるりと回して、窓の外へと捨てる。風に舞《ま》って、葉はどこかへ飛んでいってしまった。

『あ、ありがとう……』

本当に、ノームは自分がいなければ何も出来ないようだ。

『どういたしまして』

『……やっぱり、ボクはシルフがいないと駄目だなぁ』

そう言って、ノームはへらりと笑う。

『エルリィ王国のことだって、シルフがいなかったら……今頃《いまごろ》きっとなくなってた。シルフがフィラルシアとの間に入ってくれたから、食料を手に入れることが出来てる。シルフはすごい……！』

自分は土の精霊という立場で、ドワーフという国民がいながら……シルフの助けがなければ何もできないとノームは言う。

『あんたねぇ……』

そんなにうじうじ言っているんじゃないと、シルフは苦笑《くしょう》する。

『でもね、シルフ。……こんな、何も出来ないボクだけど、どうしてもやらなくちゃいけないこともあるんだ』

『ノーム？』

引きこもってばかりで、つい今しがたもずっと鍛冶をしていたいと言ったばかりなのにいったいどういうことなのか。

シルフは訝《いぶか》しむように、『どういうことよ』とノームをジト目で見る。

『だけどボクだけの力じゃちょっと難しくて。……だからね、シルフ。……ルチアローズと、魔力の共鳴をしてほしいんだ！』

『はあぁぁ!?』

ノームのとんでもないお願いに、シルフは開いた口が塞《ふさ》がらない。今の状態のルチアローズと魔力共鳴なんてしたら、暴走してしまう。

それをわかっていて言っているのかと、シルフはノームを睨《にら》みつける。

『そんなこと、出来るわけないでしょ!』

『ボクにはどうしてもルチアローズの火の魔力が必要なんだ』

『……暴走した魔力で、炎霊の火を強めるっていうこと? 馬鹿なことを言わないでちょうだい!』

話を聞くまでもなく却下《きやっか》だと、シルフは切り捨てた。

「――いい判断だ」

『キース様!?』

風が吹いて、キースが転移して部屋の中に現れた。

クレイルとの話を切り上げたのは、城内に土の魔力を感じたから。そして、居場所を見つけてやってきたというわけだ。

キースはノームを冷めた目で見つめる。

「やっと会えたな。うちの姫を攫うとは、いい度胸じゃねえか。なあ、ノーム?」

『――っ!!』

『キース様！』

突然現れたキースに驚き、ノームは後ずさる。

『だ、誰だ……っ！　ま、まさか……ルチアローズの父親⁉』

「まあ、似たようなもんだ」

自分が祝福を贈るティアラローズとアクアスティードの娘なのだから、ルチアローズはキースの娘も同然だ。

『うぅ……こっそりシルフとだけ会うつもりだったのに』

まさか、ルチアローズの保護者に遭遇《そうぐう》してしまうなんてついていない。ノームが後ろに下がるも、部屋の壁《かべ》に背中が当たる。

これでもう、キースから距離《きょり》をとることは出来ない。キースの隣《となり》にいるシルフも怒っているし、助け船は出してくれないだろう。

「ルチアに手を出して、許されると思うなよ」

キースがノームとの距離を詰《つ》めると、「何事ですの？」と、扉《とびら》が開いた。

「――！」

ノームが背を預けていた横の扉が、エメラルドの寝室に続く扉だったのだ。なんともタイミングが悪いと、キースは舌打ちする。

「えっと、これはどういうことですの？」

なぜか自分の部屋の隣で繰《く》り広《ひろ》げられている修羅場《しゅらば》に、エメラルドは困惑《こんわく》する。しかも、そのうちの一人は会ったことすらないノームだ。

どうしようかと全員が考えるよりも早く動いたのは、ノームだった。


『鉱石の牢獄《ろうごく》！』


「きゃあああっ」

ノームが魔法を使い、エメラルドを鉱石の檻《おり》の中へと閉じ込めてしまった。まさかそんな強硬《きょうこう》手段に出るとは思わず、シルフは目を見開いた。

『ノーム、悪ふざけはやめて!!　エメラルドを放して!!』

『嫌だ！　シルフがルチアローズと魔力共鳴をするまで、解放しない！』

『何を……』

とんでもない交換《こうかん》条件に、シルフは拳《こぶし》を握りしめる。

「……ふざけたことを言ってくれる。どいてろ、シルフ」

『キース様……』

「ノーム、今すぐそいつを解放しろ」

抑揚《よくよう》のないキースの声に、場の空気が重くなる。ピリピリと張りつめ、シルフは体が動

かなくなるのを感じた。

ああ、本当に怒っているのだ——と。

キースはゆっくりノームの前へ行き、扇《おうぎ》を使って攻撃《こうげき》魔法を使う。その衝撃《しょうげき》でノームが吹き飛《と》び、壁が壊れるが——鉱石の牢獄には、傷一つ付いていない。

「俺の攻撃でびくともしないのか」

さすがは防御《ぼうぎょ》魔法に優《すぐ》れているだけあるなと、キースは思う。

次の手を考えようかと思ったが、それより先に騒《さわ》ぎを聞きつけた騎士たちがやってきてしまった。

「エメラルド様⁉」

「いったいどういうことだ⁉」

騎士たちは室内を見て、すぐに剣を構える。

エメラルドは檻の中で気絶してしまったようで、意識がない。しかも騎士たちはシルフとノームとは面識がないので、シルフに彼らを引かせる力もない。

騎士たちがわかるのは、来賓《らいひん》であるキースくらいだろう。

『うぅ……シルフ、ボクのお願いを聞いてくれるまで……この子は預かっておくから』

ノームはよろよろと立ち上がり、鉱石の牢獄ごと地面の中に溶け込むように掻《か》き消えた。

ティアラローズの部屋に全員が集まり、キースから一連の話を聞いた。

エメラルドが攫われたという事実に、ティアラローズは頭を抱《かか》える。それは隣にいるアクアスティードも同様で、どうしたものかと考え込む。

「……シルフ様がルチアと共鳴しないと、ノームはエメラルド様を解放しない……ということか」

「そういうことだな」

エメラルドがこの場にいないということは、かなり深刻な問題になってくる。なぜなら、精霊シルフの存在を知っている王族はエメラルドだけだったからだ。

ティアラローズとアクアスティードが説明し、納得はしてもらったが……お伽噺《とぎばなし》だと思っていた国王への説明は苦労した。

ティアラローズたちは全員一緒にいるが、シルフは別室で待機してもらっている。下手に動いて、ルチアローズやノームと接触しないようにするためだ。

「エメラルド様は助けなければならないけれど、ルチアを危険な目に遭《あ》わせることは出来ないわ。何か、何かいい方法があればいいのだけど……」

「手っ取り早いのは、根本の原因解決か」

「消えかかっている、炎霊の火ですか？」

「ああ」

ティアラローズの言葉に、アクアスティードが解決策をあげるが……それもなかなか難しいだろう。

ノームが解決策として考えたのがルチアローズの魔力なので、それよりもいい方法がそう簡単に思いつくとは思えない。

全員でうぅーんと悩《なや》んでいると、キースが「とりあえず」と口を開いた。

「ティアラは先にマリンフォレストに帰れ。それか……ラピスラズリでも安全か。ここにいるよりはいいだろう」

「確かに、その方がいいね。またルチアが狙《ねら》われたら……」

キースの提案に、すぐアクアスティードが同意する。

「で、ですが……わたくしだけ先に帰るなんて」

そう言って、ティアラローズはうつむく。

自分たちの問題に巻きこんでしまったエメラルドを放って帰るなんて、とてもではないが出来ない。

――急な訪問も、こんなに快く受け入れてくれたのに。

それに、シルフとの間を取り持ち、こちらに協力してくれたのだ。どうにかして助け出したいと思うのも、無理はない。

「エメラルド様……」

ティアラローズが心配──そう口にしようとしたら、アクアスティードの人差し指が唇《くちびる》に触《ふ》れた。

「気持ちはわかるけど、駄目だよ。今はルチアの安全が最優先だ」

「あ……」

アクアスティードの言葉に、ハッとする。

ノームに連れ去られてしまったエメラルドのこと、シルフの様子、ドワーフたちの未来と……心配なことが多すぎるけれど……守らなければならない、一番小さな命を。

「ただ、それはエメラルド姫を蔑《ないがし》ろにするというわけじゃない」

アクアスティードも、エメラルドのことは助け出さなければと考えている。ただ、ルチアローズのことを守りながらとなると、なかなか厳しくなってくる。

だからまずは、ティアラローズとルチアローズに安全なところへ避難《ひなん》してもらうことが最善だと考えた。

「ティアラ、ここは私に任せて一足先に戻ってくれるね？　エメラルド姫は私が必ず助けるから、ルチアを守ってほしい」

「……わかりました。ルチアのことは、わたくしが必ず守ります」

「頼《たの》もしいな」

　アクアスティードは微笑《ほほえ》んで、ティアラローズのことをぎゅっと抱きしめる。

「それじゃあ、この後の段取りを決めよう。私はここに残り、ノームとの件を片付ける。タルモは引き続きティアラの護衛。エリオットは私の補佐として残り——」

　しかしそこで、アクアスティードは口を噤《つぐ》む。

　エリオットを自分の補佐に、キースはティアラローズと一緒にと考えていたのだが……キースの顔にノームは絶対に許さないと書かれていた。

　これは、ティアラローズと先に戻ってくれと頼んでも頷かないだろう。下手をしたら、自分が残るからアクアスティードに先に帰れと言いそうだ。

　アクアスティードは仕方がないと、作戦を変更《へんこう》する。

「タルモとエリオットの二人はティアラと一緒にラピスラズリで待っていてくれ。ただ、ノームの力は未知数だ。アカリ嬢《じょう》に連絡を取って、私が戻るまでティアラたちと一緒にいるようにしてくれるか？」

　アクアスティードの指示に、ティアラローズは頷く。

「確かに、アカリ様がいたら心強いですね。お父様に連絡を取って、実家でアクアを待っています」

「ああ。すぐに追いつくから、安心して待っていて」

「はい」

ラピスラズリの実家ならば、クラメンティール家の護衛騎士もいるので、きっと安心だろう。

「……アクアスティード様の代わりに、ティアラローズ様とルチアローズ様は必ずお守りします」

「護衛騎士として、指一本触れさせません」

エリオットとタルモもアクアスティードの指示に頷き、すぐに了承《りょうしょう》してくれた。ティアラローズサイドは、これで問題なさそうだ。

「さて、肝心《かんじん》のノームだが……これは私とキースの二人で対応する。ああ、シルフ様にも話を通しておいた方がいいか。……キース、問題ないな？」

「ああ、もちろん。それ相応の報《むく》いを受けてもらわないとな」

にやりと笑うキースを見て、ティアラローズはひえっと息を呑《の》む。

ルチアローズを攫ったノームのことを許せるわけではないけれど、この二人が相手ということを考えると……ほんの少しだけ同情してしまった。

無事にルチアローズを取り戻したティアラローズは、馬車でラピスラズリ王国の実家までやってきた。

道中はずっと落ち着かず、そわそわして気が休まることもなかった。

考えるのは、フィラルシアに残ったアクアスティードとキース、そしてノームに囚《とら》われてしまったエメラルドのことばかり。

到着《とうちゃく》するやいなや、父――シュナウスが舞い上がりながらティアラローズとルチアローズの下へやってきた。

「ティアラ、ルチア、よく来たね！　手紙をもらった当初は焦《あせ》ったが、ああ、本当に無事でよかった……！　しっかり顔を見せておくれ」

シュナウスは安堵しながら、何度も「よかった」と繰り返す。

そしてティアラローズの周りをくるくる回り、どこにも怪我がないか念入りに確認している。

「怪我はありません、お父様。アクア様が一緒でしたもの。ね、ルチア」

「あー」

ティアラローズの問いかけに、ルチアローズが笑顔で答える。シュナウスは、そんな孫の様子にメロメロだ。

「しかし、本当に安心したよ。ルチアが攫われたと聞いて、心臓が止まるところだった。……だというのに、何も力になれず……」

宰相《さいしょう》という地位を最大限利用し、可能な限りの情報を集めた。けれどノームに関することは何一つわからず、シュナウスは自分の無力さを悔《く》いた。

そんなシュナウスを見て、ティアラローズはゆっくり首を振る。

「今回ばかりは、相手が悪かったんです。精霊が存在しているなんて、普通《ふつう》は知りませんから」

「ティアラ……」

シュナウスは涙ぐみ、ティアラローズの優しさに感動する。無力な父だったが、次は必ず役に立ってみせよう。

何やら燃えているシュナウスに苦笑しつつ、ティアラローズは控《ひか》えさせていたエリオットとタルモを呼ぶ。

「今回は二人と、数人の騎士が一緒です。アクア様とキースが戻ってくるまでの間、よろしくお願いします」

「ご無沙汰《ぶさた》しております。しばらくの間、お世話になります」

「よろしくお願いいたします」

エリオットとタルモが礼をすると、シュナウスは頷く。

「ああ、もちろんだ。部屋は用意してあるから、のんびり……と言っても難しいかもしれないが、自由にしてもらって構わないよ」

「ありがとうございます」

移動の疲れもあり、夕食までは各自部屋でゆっくりすることとなった。


「うにゅう……」

ティアラローズがルチアローズと二人で部屋に戻ると、ルチアローズが眠たそうに眼《め》を擦《こす》った。

「あら、おねむなのね」

お昼寝《ひるね》をさせるために、ティアラローズはルチアローズを抱いて寝室へ行く。すると、すでにベビーベッドが用意されていた。

ルチアローズ用にシュナウスが準備しておいてくれたようだ。

「お父様ったら……」

可愛い孫のために、必要になるかもしれないものは何でも揃《そろ》えられている。

ベビーベッドにはじまり、数種類のおもちゃに、洋服、庭にはブランコまで設置されているのだから驚きだ。

——さすがにまだ遊べる年齢《ねんれい》ではないけれど……。

もう少し大きくなったら、またルチアローズを連れて遊びにこようと思う。

そして屋敷中《やしきじゅう》が、完璧《かんぺき》にリフォームされていた。

危なかった家具などの角は丸みをおびており、階段の段差はゆるやかになっている。さらに階段の前には柵《さく》が設置されており、ルチアローズがはいはいをして自由に動き回っても落ちないようになっていた。

まさに、至《いた》れり尽《つ》くせり。

——でも、ちょっとやりすぎですお父様。

ルチアローズを寝かしたところで、部屋にノックの音が響《ひび》いた。

「ティアラ様〜！　私です、アカリです〜‼　手紙をもらって参上しましたっ！」

「アカリ様！　どうぞ」

元気いっぱいな声の主、アカリ・ラピスラズリ・ラクトムート。

艶《つや》やかな黒髪《くろかみ》に、ぱっちりした黒色の瞳。可愛いピンク色のドレスに身を包んだ、このゲームのヒロインだ。

今はメイン攻略《こうりやく》キャラクターのハルトナイツと結婚《けっこん》し、ラピスラズリで暮らしている。

アカリは部屋に入ると、「ルチアちゃんは⁉」と室内を見回した。

「ルチアはお昼寝中なんです。起きたら遊んでくれますか？」

「あああっ、残念！　もちろん、起きたらいっぱい遊びますよっ！」

お土産《みやげ》に新しいおもちゃも持ってきたのだと、アカリはカラフルなつみきを取り出した。

「わあ、可愛い」

丸、四角、三角、月、星、お花の形などがあって、見ているだけでも楽しい。これならば、ルチアローズも大喜びしてくれるだろう。

「でしょう～！　早く一緒に遊びたいですね」

「ええ」

つみきを一度片付け、ティアラローズは紅茶とケーキを用意する。

そしてお茶をしながら、フィラルシア王国での出来事を、アカリに話した。

「えええええっ、地下にドワーフが⁉　うわあぁぁ、会いたい！」

ティアラローズの話を聞き終えると、アカリは瞳をキラキラと輝かせた。どうやら、ファンタジー要素にテンションが上がったらしい。

「しかも、精霊のシルフとノームにまで会ったなんて‼」

「会いたかったわけではないんですけどね……」

むしろ、会いたくなかったと言った方がいい。

「まあ、ルチアちゃんのことを考えるとそうですよね。でも、いいなぁ。私も一回くらいは会ってみたいなぁ」

地面に穴を掘《ほ》れば、エルリィ王国に行けるかな？　なんて、アカリがとんでもないことを言い出す。

「さすがにそれはちょっと……」

「冗談《じょうだん》ですよぅ」

苦笑したティアラローズに、アカリが頬を膨《ふく》らます。いくらなんでも、そこまで馬鹿なことはしません！　と。

――アカリ様だったら本当にやりそうなんだもの……。

思い立ったら即《そく》実行！　というスタイルで、さらに無謀《むぼう》と思えることも平気でやろうとしてしまう。

そのため今までも、冗談だと思っていたらガチだったということが多々あった。

「でも、ちょっと勿体《もったい》ないですね」

「え？」

アカリの言葉に、ティアラローズは首を傾げる。

「ノームと、ドワーフの技術ですよ。昔から、最高の武器を作るのはドワーフって決まってるじゃないですか」

しかも、その上位に位置するノームという存在までいるのだ。

ファンタジーの王道であるノームたちの武器に、アカリはかなり期待しているようだ。

「もし本気で武器を作ったら、どんなものが出来るんですかね。興味ありませんか？　ティアラ様」

「争いごとは得意ではないので……」

「えぇぇ……」

ティアラローズの返事に、アカリはぶーたれる。

「武器は男のロマンですよ」

「わたくしたちは女ですよ、アカリ様……」

「そうとも言いますね」

ぶんぶんと剣を振り回す動作をしながら、アカリは「伝説の剣！」と叫《さけ》ぶ。

「でも、アカリ様が剣を使っているところなんて見たことがありませんよ？」

アカリは魔法で戦うので、武器を持つ必要がない。そもそも、魔法で戦うならば剣より杖《つえ》の方がいいのでは……と、ティアラローズは思う。

「それはそうなんですけど……これを機会に、魔法剣士《けんし》にジョブチェンジするのもありじゃないですか？」

「このゲームにジョブ設定はありませんよ」

「そうだったー！」

ガガーン！　と、アカリがショックを受ける。

「ちぇ、格好いいと思ったのになぁ。ノームの剣なら、勇者にだってなれそうなのに」

「あまり無茶をすると、ハルトナイツ殿下《でんか》が心配しますよ」

アカリと結婚して以降、かなり振り回され気味のハルトナイツ。このままでは、彼の胃に穴が空いてしまいそうだ。

「はぁ～い。とりあえず、ルチアちゃんが無事でよかったです。もし何かあったら、私がエルリィ王国を滅《ほろ》ぼしに行くところでしたよ～」

「さらっと恐《おそ》ろしいことを言わないでくださいませ」

冗談か本気かわからない。

――いや、アカリ様のことだからきっと本気で言ってるんだわ。

当のアカリは、笑いながらケーキをもぐもぐしているけれど。

「……でも、嘘《うそ》じゃないですよ。私、自分の親友の子どもを傷つけられて笑っていられるような人間じゃないですから」

「アカリ様……。ありがとうございます。わたくしの周りは頼もしい方ばかりで、とても恵《めぐ》まれていますね」

じわりと、ティアラローズの目頭《めがしら》が熱くなる。

「私もアクア様もいますし、何があっても絶対に大丈夫ですよ！　売られた喧嘩《けんか》は全部買いますよ！」

だから心配無用だと、アカリが胸を張る。

「買いすぎです！」

せめてほどほどにと、ティアラローズはため息をついた。

ゆっくりしていると、寝室から「ふぇぇぇ」とルチアローズの声が聞こえてきた。お昼寝から目覚めたようだ。

「ルチアちゃん！」

アカリがぱっと表情を輝かせて、「会いたーい」とにこにこ笑顔になる。

「ちょっと見てきますね」

「はぁーい」

ティアラローズはルチアローズを寝室から連れてきて、ラグマットの上へ移動した。ここなら、ルチアローズとつみきで遊ぶことも出来る。

「アカリお姉ちゃんが、ルチアにプレゼントをくれたのよ」

「あー？」

目の前にカラフルなつみきを置かれたルチアローズは、興味深そうにじっと見つめている。どうしたらいいか、考えているのかもしれない。

しばし観察したのち、ゆっくりと手を伸ばして星のつみきを手に取った。

「あー！」

おもちゃだということがわかったようで、ルチアローズは嬉しそうにつみきを摑《つか》んで腕を振る。それだけで、十分楽しいようだ。

「わー、ルチアちゃんとっても上手！　アカリお姉ちゃんとも一緒に遊んでね」

「あう～」

アカリがお花のつみきをルチアローズに差し出すと、嬉しそうに摑む。そのまま持っていた星のつみきとぶつけて、カンと音を立てた。

「ん～、まだつみきでお家《うち》とかを作ったりは難しいですかね」

「さすがにそれは無理ね。今みたいに、持って遊ぶくらいじゃないかしら」

ティアラローズの言葉に、アカリは「なるほど～！」と声をあげる。

「これは成長が楽しみですね」

「ええ」

しばらく三人はつみき遊びを楽しんだ。


夜になり、ティアラローズはルチアローズと二人でベッドへ入る。

アカリはゲストルームに泊《と》まっていて、タルモは護衛として扉の前、エリオットは休んでいる。そのほかにも、屋敷の周りを数人の騎士が見張っている。

やっとルチアローズと一緒に過ごせると思ったら、今度はアクアスティードがいない。

「アクアのいない夜は、慣れないわね」

今頃どうしているだろう。

ちゃんとご飯を食べているだろうか。

怪我は？　あまり荒《あら》っぽいことになっていなければいいのだけれど……と、アクアスティードのことを心配する。

早く帰ってきて、抱きしめて、キスをしてほしい。

そんな風に考えてしまうのは……寂しいからだろうか。

「……っ、駄目よ、アクアはルチアのために頑張《がんば》ってくれているのだから。わたくしだけが、こんな我儘《わがまま》みたいな……」

ティアラローズがしっかりしなければとぶつぶつ呟《つぶや》いていると、隣で寝ていたルチアローズが起きてしまった。

「うぅ？」

「ごめんなさい、ルチア。起こしてしまったわね」

「あーう」

大丈夫だよと言うように、ルチアローズは笑顔を見せる。

そのままくるりと寝返《ねがえ》りを打って、うつ伏《ぶ》せになった。ティアラローズの方へずりずり這《は》って、小さな手で触れてきた。

「ルチア……」

頬に触れるルチアローズの感触《かんしょく》に、ティアラローズは頬を緩《ゆる》める。

「ありがとう、元気づけてくれているのね」

「きゃーう」

にこにこ笑うルチアローズを抱きしめ、「もう大丈夫よ」とティアラローズは笑顔を見せる。

「わたくしたちは、パパのことを信じて待っていましょうね。キースも一緒だし、マリンフォレスト最強の二人が揃っているんだもの」

不安になってしまうけれど、正直この二人組に勝てる相手がいるところを想像できない。むしろ、怒《いか》りに任せてキースが大暴れしないかということの方が心配だ。キースはとても、ルチアローズのことを可愛がってくれているから。

「さあ、もう寝ましょうルチア」

「あー」

ティアラローズはルチアの髪を撫で、落ち着いた声で子守り歌《こもりうた》をうたう。ゆっくり眠れますように、と。

「花のゆりかごを揺《ゆ》らして、いい子いい子にお眠りなさい♪」

「あー……」

子守り歌を聴《き》いて、ルチアローズはすぐに眠ってしまった。

ティアラローズはその可愛い寝顔《ねがお》を見つめ、アクアスティードたちの無事を祈《いの》った。

◆

ノームがエメラルド姫を連れて鉱石の城へ帰ると、メイドたちが顔を青くした。またしても人を攫ってきた――と。

「ののの、ノーム様！　いったいどういうつもりですか！」

「今度はどこのお姫様ですか!!」

しかもルチアローズのときと違《ちが》い、鉱石の牢獄へ入れられて気を失っているようだ。

「さすがにやりすぎです……」

「その中が安全ということは知っていますが……」

ノームが使うこの魔法は、牢獄という名前こそついているが、中に入っている間はいかなる攻撃も防ぐため安全性は高い。

ただ、中に入っている本人の意思で出入りすることは出来ないけれど。

メイドたちの言葉に、ノームは沈黙する。

まさか、フィラルシア王国の姫を攫ってきたなんて言えない。フィラルシア王国とは取引して食料をもらっているので、ドワーフたちからすればとても大切な国だからだ。

『…………』

何も言わないノームを見て、メイドたちは頭を抱える。

「ひとまず、ここから出してさしあげたらどうですか？」

「この中は安全ですけれど、窮屈《きゅうくつ》ですから」

鉱石の城には危険がないので、出してあげるのがいいとメイドたちが言うけれど――ノームは首を振ってそれを拒否《きょひ》する。

『……この子を解放するのは、シルフがボクのお願いを聞いてくれてから』

ノームの明確な意思を聞いて、メイドたちは顔を見合わせる。

「シルフ様にお願い、ですか」

『……うん。少し部屋で休むから、誰も近づかないようにして』

ノームは、そのお願いの内容を教えてはくれない。メイドたちに顔を向けることなく、自室へ行ってしまった。

「ノーム様、ご無理をされているみたいですね」

「炎霊の火のことが気がかりなんでしょうね。ノーム様はもちろんですが、私たちドワーフにとっても大切なものですからね」

メイドたちはしばし沈黙し、すぐに首を振る。

「このお姫様がいつ出てこられてもいいように、お部屋を整えましょうか」

「ええ。それが――あら」

すぐに部屋の準備をと思っていたのだが、鉱石の牢屋《ろうや》に入っていたエメラルドが目を覚ました。

何度も目を瞬かせて、きょろきょろしている。しかし、この部屋にエメラルドが知っている人は誰もいないし、叫んで誰かが助けに来てくれるわけでもなさそうだとエメラルドは理解した。

「あ、あの……」

エメラルドに話しかけられて、メイドたちはびくりと肩を揺らす。まさか、こんなにすぐ目を覚ますとは思ってもいなかった。

「どうしましょう、お姫様が起きてしまいましたわ」

「ノーム様は行ってしまわれたし、私たちでは出してあげられないし」

出来ることと言えば、話し相手になることくらいだろうか。

困った様子のメイドたちを見て、エメラルドは差し支《さ つか》えのなさそうな話題を出してみることにした。

「あ、あの……わたくしは、エメラルドと申します。ドワーフの、メイド……ですよね？」

「はい。私たちはメイドですが……」

「ドワーフを見ても驚かないのですか？」

普通の人間は、ドワーフを見たら異質だと感じるだろう。自分たちと違う背格好に、とがった耳。それだけで、拒否反応を起こす人もいる。

エメラルドは「大丈夫ですよ」と、微笑む。

「ドワーフとは、何度かお会いしたことがあるんですよ。取引をする前の契約《けいやく》のときとか……。エルリィ王国の街にも、シルフと一緒に訪《おとず》れたことがあります」

「まあ」

メイドたちは、エメラルドの言葉に声をハモらせた。エルリィ王国に来られるのは、フィラルシア王国でも本当にごくごく一部の人間だけだからだ。

「もしかしてあなたはフィラルシア王国のお姫様ですか？」

「……はい」

エメラルドは自分の身分を明かすつもりはなかったけれど、あっけなくばれてしまっていたようだ。

それならば、単刀直入に聞いてしまった方がいいかもしれない。

「わたくしは、どうして連れてこられたのでしょう？　なんの力もとりえもない人間なのに」

けれどこの場に、その問いに答えられる者はいなかった。

炎霊の火は本来、エルリィ王国のどこからでも見ることの出来るそれは大きな炎《ほのお》だった。

しかし今は小さくなってしまい、その大きさは三メートルほどになってしまった。

ノームが初めて見た炎霊の火を思い返すと、今の火はひどく頼《たよ》りない。


炎霊の火の前で体育座りをして、ノームは燃える様子をじっと見つめる。

『早くしないと、消えてしまう……』

せっかく見つけた火の力なのに、ルチアローズは取り戻されてしまった。

『シルフがお願いを聞いてくれたらな……。消えるまでにどうにかしないと、ボクたちの国がなくなっちゃう……』

『ちょっと、それってどういうことよ！』

『シルフ⁉』

ぽつりと呟いた言葉に反応があり、ノームは驚いて目を見開く。そして自分を見つめるシルフから……目を逸《そ》らす。

しかし、それを許すシルフではない。

『ノーム、説明しなさいよ！　言ってくれないと、わからないじゃない!!』

『〜そんなのっ！　——というか、なんでシルフがここにいるの！　ルチアローズと魔力の共鳴は……っ』

『アンタが心配だから来たのよ!!』

『——っ！』

シルフの言葉に、ノームはひゅっと息を呑む。

今回の件の後……シルフはフィラルシアの王城で大人しくしていた。

しかし、ノームのこと、エメラルドのこと、フィラルシアとエルリィのこと……考え込んでいたら、体が動いてしまっていた。

シルフはずかずかとノームの前まで歩いていき、その頬をパシンと平手で叩《たた》いた。その音は大きく、火花の散ったパチリという音も掻き消した。

『……っ！』

『ねえ、ノーム。していいことと、いけないことの区別もつかないの？　あんたは、そんな嫌な奴《やつ》じゃなかったでしょう!?』

『ぼ、ボク……』

シルフに叩かれた頬よりも、辛《つら》そうなシルフの言葉が、表情が、ノームの胸に深く突《つ》き刺《さ》さる。

『あのね、私とあんたの付き合いがどれくらい長いと思ってるの？　もちろんエメラルドは大切な友人だから返してもらうけど、あんたが鍛冶をしたいがために人まで攫うとは思えないもの。何か理由があるなら、実行する前にちゃんと相談しなさいよ……っ!!』

じわりと、シルフの目に涙が浮かぶ。

『……っ、ご、ごめん』

ノームは謝り、同じような涙目《なみだめ》になり声が震《ふる》える。

『こ、これは……ボクの問題だったから、本当はシルフを巻き込まないで、ボクがなんとかしたかったんだ。住む場所や食料だって、いつもシルフに頼ってばっかりで……』

だから、炎霊の火に関しては、自分一人で解決しなければと、そう思ったのだ。でなければ、そのうちシルフに愛想《あいそ》をつかされてしまうかもしれない……と。

『……馬鹿ね。今更《いまさら》それくらいで、嫌《きら》ったり見捨てたりしないわ』

だから話しなさいと、シルフはノームに告げる。

『……うん』

ノームは袖《そで》で目元を擦り、炎霊の火について話を始めた。

土の精霊ノームは、鉱山で生まれた。

外敵から身を守ることの出来る硬《かた》い体と、一つの鉱石——炎霊の鉱石を持っていた。

強い炎の力が込められたこの石は、きっと長い年月をかけて生まれた自然の命だろう。

ノームはすぐに、炎霊の鉱石がどういうものかわかった。

『……これには、今までのノームの力が込められている』

同じ種の精霊は、世界に一人しかいない。

その中で、代替《だいが》わりというものが行われる。その際、次の代の精霊に力を受けつぐのだが、ノームの場合はそれを鉱石という目に見える形のもので残していたようだ。

その理由は、ノームという存在は鍛冶が大好きであるというところに起因する。

『炎霊を使って火をおこせば、素晴《すば》らしい武器が作れる……』

本能でわかる。

この鉱石は、鍛冶のための火をおこすために、歴代のノームたちが大切に力を込めてきたものだ。

その代わり、自分の力はほかの精霊と比べたら劣《おと》ってしまう。次の代のノームに託《たく》すための力を、炎霊の鉱石に注ぎ込んできたからだ。

『でも、これがあれば大丈夫』

自分の鍛冶場を作ろう。

ノームはそう思い、生まれた鉱山の近くに炎霊の鉱石で火を灯《とも》した。

鉱山で材料を採掘《さいくつ》し、武器を作り……そんな生活が何年も続いたあるとき、盗賊《とうぞく》に襲《おそ》われて倒《たお》れている旅人を見つけた。

すぐに助けたノームは、その人間と仲良くなった。そして、その人間の持っていた剣が素晴らしい代物《しろもの》で——目を奪《うば》われた。

『その剣は、誰が作ったの⁉』

「えっ、これですか……ううん……」

人間は戸惑《とまど》い、その問いに答えていいのかどうか頭を抱える。なぜなら、その剣はドワーフに作ってもらったものだからだ。

彼らは人前に出ることを好まず、また武器のよしあしがわからない相手から武器を作れと言われるのが嫌いだった。

「しかし、あなたは私の恩人だ。他言無用という約束をしていただけるのなら、お教えしましょう」

『もちろんです』

ノームが頷くと、人間はドワーフという鍛冶が大好きな種族がいるということを教えてくれた。

ドワーフたちの暮らす土地では多くの武器や防具が作られていて、戦う者であれば彼らの作る武器に憧《あこが》れている人は多い。

『ドワーフ……ぜひ会ってみたいです』

「気難しい種族ですが、優しいあなたなら仲良くなれるかもしれませんね」

そう言って、人間はノームにドワーフの居場所を教えてくれた。

話を聞いたノームは、炎霊の鉱石を持ってドワーフが暮らす地へとやってきた。

ドワーフたちの暮らす場所は、昼夜問わずカーンカーンと鉄を打つ音が響き、ノームの心をわくわくさせた。

鍛冶が大好きだったノームはすぐに受け入れられ、ドワーフたちと一緒に鍛冶をしながら毎日を過ごした。

ノームの持っていた炎霊の火で鍛《きた》えた武器は国宝級の一品となり、ドワーフたちは大いに腕を振るった。

数年、数十年、数百年……。

ドワーフたちの寿命《じゆみよう》が尽きても、ノームはある程度の外見までくると成長が止まってしまった。

さすがのドワーフたちも、ノームが只者《ただもの》ではないということに気付いた。そして知ったのだ、土の精霊ノームという存在を。

さらに数百年、ノームは鍛冶をしながらドワーフたちと過ごしてきた。

寿命がきた仲間の死を看取《みと》るのはいつまで経っても慣れなかったけれど、誰もがノームと出会えたことに感謝し笑顔で逝《い》った。

それからさらに百年ほど経ったころだろうか。

人間の数が増え、ドワーフたちは異質な存在だという扱《あつか》いを受け始めた。自分たちは鍛冶をして生きているだけで、何も迷惑《めいわく》はかけていないのに。

そう主張するも、人間たちからドワーフへ対するあたりは強くなっていった。出かけていたドワーフが人間に攻撃され、怪我を負うことも増えた。

「ふざけるな、俺たちがいったい何をしたっていうんだ……!!」

「そうだ。あいつら、俺たちが作る武器だけは欲しがるくせに」

「あそこの城に飾《かざ》ってある剣は、祖父《じい》ちゃんが作った剣なんだぞ!」

なんて酷《ひど》いことをするのだと、ドワーフたちは悲しんだ。

ドワーフたちから日に日に笑顔が消え、鉄を打つ音も聞こえなくなってしまった。

『これじゃあ、駄目だ。……人間たちがいないところに行こう』

そのとき協力してくれたのが、フィラルシア王国を住み処《すか》にしていた風の精霊シルフだ。

ノームとシルフは、森で食料を採取しているときに偶然《ぐうぜん》出会った。それからたまに会い、会えば他愛《たわい》のない話をする友達になっていた。


新しい国を作るために、ノームは炎霊の鉱石の力を使うことにした。

普段はノームが身につけていたけれど、ドワーフたちと一緒に暮らす国を作るためには致《いた》し方ない。

ノームは炎霊の火を地面に置いて、その力を解放した。

すると、自分の体から魔力がするりと抜《ぬ》けていくような感覚に襲われる。怖いと思ったけれど、人間に迫害《はくがい》されて暮らす場所がなくなるよりはずっといい。

『炎霊の鉱石をコントロールして――王国を、作る』

すると、炎霊の鉱石があった場所を中心に地面が下がっていく。

ざわつくドワーフたちに、『大丈夫』とノームは落ち着くように告げる。

『地上にいても人間に見つかるだけだから、地下に国を作ろう。名前は……エルリィ王国。

新しい、ボクたちの国だ』

『……このときは、シルフにいっぱい助けてもらったよね。フィラルシア王国の人たちは優しくて、ドワーフたちも少しずつ人間を受け入れることが出来るようになっていった』

当初は人間と一切《いっさい》関わらず、自給自足の生活をしようとしていたノームだったが……生活は、そう簡単なものではなかった。

地下に作った国なので太陽の光が届かず、作物はほとんど育たない。かといって、地上に畑を作りたいとも思えなかった。

でも、背に腹は代えられない。そう思い、地上に畑を作ろうとしていたところに、シルフが取引を持《も》ち掛《か》けてくれたのだ。

自分がドワーフを忌避《きひ》しない人間を選ぶから、取引をしましょう——と。

『そうよ、順調だったじゃない』

『うん』

順調、だった。

『でも、ボクの手を離れてしまった炎霊の鉱石は、燃え続ける間ずっとその力を使い続けてきたんだ。それに気付いたときはもう、ボクにはどうしようもないところまで力を消《しょう》耗《もう》してしまっていたんだ』

自分の力の一部が失われるだけなら受け入れるが——このままでは、炎霊の鉱石で作り上げた国が潰《つぶ》れ地中に埋まってしまう。

『だからどうしても、ルチアローズの力がほしかったんだ。シルフが魔力の共鳴をしたら、きっとあの小さな体では制御しきることは出来ないと思う』

そうなった段階で、溢れ出る魔力を炎霊の鉱石へ吸い取らせて火を復活させるという作戦だ。作戦なのだが——まったく上手くいっていない。

『ノーム、そんなことを……』

『ボクは……ドワーフたちを、守りたいんだ』

そう言ったノームは、信念を持った瞳でシルフを見た。

第四章　炎霊の玉座

ティアラローズたちを見送ったアクアスティードとキースは、ノームの下へ行くためにシルフを呼びにいったのだが……シルフがいるはずの部屋はもぬけの殻《から》だった。

アクアスティードは、シルフの行動パターンを予測する。

最悪なのは、シルフがティアラローズたちを追ってルチアローズと魔力《まりょく》の共鳴を行うことだ。

しかしティアラローズたちは、無事にラピスラズリに到着《とうちゃく》し、今はアカリも一緒《いっしょ》にいると手紙がきた。なので、ティアラローズたちの下へ行ったとは考えにくい。

おそらく——単身、ノームの下へ向かったのだろう。

「ルチアが無事で、私は気を抜《ぬ》いていたのかもしれないな」

もう少し、シルフのことを気にしていればよかったとアクアスティードはため息をつく。

「勝手なことをする奴《やつ》だな」

キースはシルフの行動に対し舌打ちし、アクアスティードに「来い」と告げる。

「一気に飛ぶぞ」

「──ああ」

アクアスティードはどうやってエルリィ王国へ行くか考えていたが、キースにかかればそんなことは愚問《ぐもん》だったようだ。

キースはアクアスティードの腕《うで》を取り、ノームの鉱石の城へと転移した。


ティアラローズの実家では、今日は朝からティアラローズとルチアローズ、アカリ、ダレルの四人で遊んでいた。

「きゃ〜！　ルチアちゃん上手に歩けてまちゅねぇ〜！」

「あ〜！」

今はアカリがルチアローズの手を引いて、つかまりながら歩く練習をしているところだ。

「きゃう、あっ」

よちよち歩くルチアローズの姿を見て、ダレルが「すごい」と笑顔《えがお》で手を叩《たた》く。

ティアラローズの義弟《ぎてい》、ダレル・ラピス・クラメンティール。

天然パーマの水色の髪《かみ》と、青色の瞳《ひとみ》。穏《おだ》やかな優《やさ》しい顔立ちで、とても強い治癒魔法《ちゆまほう》の使い手だ。

ルチアローズを妊娠《にんしん》している最中、ティアラローズは何度もダレルの治癒魔法に助けてもらった。


ルチアローズは途中《とちゅう》で何度かよろめくが、横で見守るティアラローズがさっと手を添《そ》えてフォローする。

「んにゃ～！」

「あら、どうしたのルチア」

ティアラローズに支えられたのが嬉《うれ》しかったのか、ルチアローズが抱《だ》きついてきた。その笑顔がとても可愛《かわい》くて、ティアラローズはメロメロになってしまう。

「ルチアちゃんはママが大好きでちゅねぇ～」

可愛い可愛いと言って、アカリがルチアローズを撫《な》でる。

「あー！」

ルチアローズはアカリにも笑顔を見せて、手を伸ばす。

「あ、もしかして抱っこのおねだり？　なんでもしてあげちゃ――あれ？」

「アカリ様？」

「う？」

ふいに言葉を止めたアカリに、ティアラローズは首を傾《かし》げる。すると、真似《まね》をしたのかルチアローズも首をこてりと倒《たお》してみせた。

その様子が可愛くて、思わず三人とも目を奪《うば》われる。

「って、大変ですよティアラ様！　守りの指輪にヒビが入ってますよ‼」

「ええっ⁉　それは大変！」

急いでルチアローズの手を取ると、アカリが言った通り守りの指輪にヒビが入っていた。

このままだと、壊《こわ》れてしまうかもしれない。

「……ノーム様の魔力と共鳴したことが原因かしら」

ティアラローズは真剣《しんけん》な表情でルチアローズを見て、これ以上何も起こらないでほしいと祈《いの》る。

「もう一度、指輪を作るのはどうですか？」

「……指輪がルチアちゃんの魔力に耐《た》えられなくなってるみたいだから、新しいのにしてもすぐ同じ状態になっちゃう。これは、もっと根本的な解決をしなきゃ駄目《だめ》そう」

ダレルの提案にアカリは首を振《ふ》って、ほかにいい方法はないだろうかと考える。このままでは、共鳴する前に魔力が暴走してしまいそうだ。

「かといって、こんな便利なアイテムはそうそうないし……」

「わたくしがルチアの魔力を受け取れたらいいのに」

「どこかに、魔力を求めているアイテムでもあればいいんですけどね……」

三人が悩《なや》みながら言葉をもらすと——アカリがかッと目を見開いてダレルの手をぎゅっと握《にぎ》った。

「それよ‼」

「え？」

勢いよく食いついてきたアカリに、ダレルが一瞬《いっしゅん》後ずさる。が、そんなことで手を放すアカリではない。

「ノームは、火の力を必要としてるんでしょ？　だったら、逆にこっちがノームを利用しちゃえばいいのよ！」

我ながらナイスアイディアだと、アカリがはしゃぐ。

「どういうことですか、アカリ様」

「ノームが大事にしてる、炎霊《えんれい》の鉱石は……要は魔力が足りなくて火が消えちゃいそうなんですよね？　なら、魔力を補充《ほじゅう》してあげればいいんですよ」

その意味を理解し、ティアラローズは顔を青くする。

「アカリ様、それは……っ」

ティアラローズの顔から、一瞬で笑顔が消えた。

それを見たダレルがびくっと震《ふる》えたが、すぐにアカリを見てその理由を問う。

「えぇと、ティアラお姉様の反応を見る限り、あまりいい案ではないような気がするんですが……」

遠回しに、止めた方がいいのでは？　と、ダレルが言う。

「でも、それ以外に方法なんてないと思うけど……」

「その方法って、なんですか？」

意を決して聞いたダレルに対して、アカリはにんまり笑ってみせた。

「もちろん、その炎霊の鉱石にルチアちゃんの魔力を吸わせちゃうのよ！」


「ん……？」

「どうしたんだ、アクア」

「いや、なんだか悪寒《おかん》がしたんだが……気のせいか」

自分のあずかり知らぬところで、何か起こりそうな……そんな予感のような。もしかしたら、ティアラローズの下にアカリを呼んだのは失策だったのではと考えてしまった。

無事に鉱石の城に到着したアクアスティードとキースは、ノームを捜《さが》しはじめたのだが……どうやら、鉱石の城にはいないようだ。

「となると、どこに──ん？　シルフの魔力を感じるな」

「やはり一人で来ていたのか」

「ああ。……でも、城の中じゃないな」

キースが気配を辿《たど》ると、それは街のはずれへ続いていた。何をしているのかはわからないけれど、ノームと一緒にいる可能性もある。

「とりあえず行くか」

「ああ」

二人はキースの転移魔法でシルフの下へ飛んだ。

天高く煌々《こうこう》と燃えていた炎《ほのお》は、昔に比べて今や随分《ずいぶん》みすぼらしい姿になってしまった。

炎霊の鉱石の炎は、三メートル……それよりも、少し小さくなってしまっただろうか。

アクアスティードが視線を上げると簡単にてっぺんが見えてしまう。

それでも火はまだ燃え続け、ときおりパチリと飛ぶ火花が綺麗《きれい》な宝石となって地面へ落ちた。

ノームとシルフが炎霊の火を見ていると、亀裂《きれつ》のような音を耳で捉《とら》えた。炎霊の鉱石で作っているこの国が、崩《くず》れ落《お》ちようとしているのだろう。

自分はエルリィ王国を守ることの出来ない、ちっぽけな王なのだから。

ルチアローズはもうここにおらず、ラピスラズリへ行ってしまった。今からではもう、炎霊の火を復活させることは間に合わない。

『…………』

だけど、どうしても――一縷《いちる》の望みを持ってしまう。もしかしたら、どうにかして炎霊の火が再び大きく燃え上がるのではないか、と。

ただ静かに立つノームとは対照的に、シルフは焦《あせ》っていた。

エルリィ王国はこのまま崩れるのを待つしかないのかと、何か方法はないのかとシルフがそう思っていると――後ろから声がした。

「おい、どうなってるんだこれは！」

天井《てんじょう》を見上げていたキースは、ひび割れだけではなく、細かな岩が落ち始めたことに気付いたようだ。

『キース様！』

アクアスティードとキースがやってきたのを見て、シルフはぱっと顔を輝《かがや》かせるも……

すぐに眉《まゆ》を下げた。

さすがに、キースが来たと喜んでいる場合ではない。

「それが炎霊の火……？」

「想像してたよりも小さいな」

アクアスティードの疑問と、キースの探《さぐ》るような言葉遣《ことばづか》い。

ノームは観念したのか、『……もうすぐ消えてしまうんです』と告げた。けれど、それだけではなくて。

『この国も一緒に、滅《ほろ》ぶんです』

「何……？」

「はぁ？　お前、巻き込んで自爆《じばく》でもしようってのか？」

眉を顰《ひそ》めるアクアスティードと、問《と》い詰《つ》めるキース。けれどノームでは炎霊の火を復活させることは出来ないのだ。

自分の魔力で火が強まるのなら、とっくにすべてを捧《ささ》げている。

どこかあきらめたようなノームの物言いに、キースが苛立《いらだ》つ。

「お前……」

『待って、キース様！』

キースがノームの下へ行こうとすると、間にシルフが割って入った。その目には涙《なみだ》が浮《う》かんでおり、フィラルシア王国の王城で見た彼女とは別人のようだ。

シルフは『頼《たの》んでいいのかわからないけど』と口にしながらも、キースとアクアスティードに懇願《こんがん》した。

『図々《ずうずう》しいお願いだっていうことはわかってる……。でも、二人の力を貸してほしいの。ノームとドワーフを――この国を助けて！』

「……シルフ？」

突然《とつぜん》ノームの味方になったようなシルフの言葉に、アクアスティードとキースは顔を見合わせた。

アクアスティードとキースは、エルリィ王国の建国と炎霊の鉱石にまつわる話をシルフから聞いた。

途中でノームからの補足が何度か入ったが、つまるところ、炎霊の鉱石が消えるとこの国ごと崩れ落ちて生き埋《う》め《い》になるということだ。

『ボクをはじめ、歴代のノームが炎霊の鉱石に力を溜《た》めてきたんだ。炎霊の鉱石に力を溜められるのは、ノームか、火の魔力を持った者だけ……』

それも、とてつもなく巨大《きょだい》な——と、アクアスティードは頭の中で付け加える。でなければ、ルチアローズがターゲットにされたりはしない。

『だからボクは、ルチアローズの強大な魔力を炎霊の鉱石に流し込んで、炎霊の火を復活させようとしていたんだ』

「まじかよ……」

キースはため息をついて、頭をかく。

どうやら想定していたよりも、事態はずいぶん深刻だ。

アクアスティードは、炎霊の鉱石に視線を送る。

本来であればかなり大きく燃えていたのだろうが、今ではその火が——焚火《たきび》くらいまで、小さくなってしまっている。

「これに触《ふ》れると、本当に魔力が吸い取られるのか……？」

『……う、うん』

ノームの返事を聞き、しかし火が燃えているのにどうやって触れるのかと疑問に思う。

とてもではないが、火の中に手を入れることは出来ない。

「ノーム、これはどのように触れるんだ？」

『あ、ああ……それは、本来は上の方の白い火が熱いんだけど……こんなに小さくなったら、もう熱くないよ』

アクアスティードはなるほどと頷《うなず》いて、ゆっくり炎霊の鉱石に触れてみる。

――確かに熱くない。

「私の魔力が吸われていくのはわかるが、炎霊の鉱石には、ノームが言った通り蓄積《ちくせき》されてはいないな」

魔力を取り込んだ炎霊の鉱石が一瞬光るが、すぐにその光は抜け落ちてしまった。アクアスティードの魔力を、溜め込んでおくことが出来ないのだろう。

どうやら、吸収し、蓄《たくわ》えておける力は『火』に限定されているようだ。

「火の魔力が必要だっていうのは、本当みたいだな」

『ご、ごめんなさい……。身勝手なお願いだということはわかってるけど……ボクはせめて、ドワーフたちを助けたい。力を……貸して』

あれだけ好き勝手をしたにもかかわらず、なんとも都合のいいお願いをするものだとキースは舌打ちする。視線をアクアスティードに向け、どうする？　と、問う。

「俺たちには関係のないことだから、とっとと地上に戻《もど》ればいい」

『キース様、そんな……っ』

「お前たちに優先順位があるように、こっちにもそれはある」

すぐにシルフがフォローに入ろうとするが、キースの言葉に一蹴《いっしゅう》されてしまう。

『──っ、うぅ』

ノームやドワーフたちには申し訳ないが、アクアスティードは大国マリンフォレストの王だ。

アクアスティードは、キースの視線を受け、考えをまとめていく。

ここで生き埋めになって死ぬ可能性があるのなら、すぐにでも脱出《だっしゅつ》するべきだろう。

「…………」

しかし同時に、ここでドワーフたちを見捨ててはいけないとも考える。

アクアスティードは炎霊の火と天井を見て──鉱石の城と町並みに視線を向ける。エルリィ王国には、多くのドワーフが生きている。

その事実は、ひどく重い。

あとどのくらいで炎霊の火が消えてしまうかがわからない。もしかしたら、避難《ひなん》が終わらないうちに国が崩壊《ほうかい》してしまう可能性だってある。

「……うだうだ考えていても仕方がない。すぐに避難指示を出す」

アクアスティードは、崩壊するエルリィ王国から全員を避難させることに決めた。その結論に、キースはため息をつきつつも笑う。

「ったく、俺は逃《に》げろって言ってんのに」

「すまない、キース。協力してくれるか？」

「本当にお前は、何かを見捨てる選択《せんたく》をしないな。でも、嫌《きら》いじゃない。……仕方ねえから、助けてやる」

こちらには森の妖精王と、風の精霊シルフがいる。さらに土の精霊ノームの力も合わされば、きっと全員を助け出すことが出来るだろう。

『あ、ああ、ありがとう……これでみんなを、助けられる』

『アクアスティード陛下、キース様！　ありがとう！』

「シルフ様は、フィラルシア王国側との——そうか、エメラルド姫《ひめ》がいないと厳しいか」

フィラルシアの国王に事情は説明してあるが、上手《うま》く連携《れんけい》が取れるかはわからない。そう考えると、エメラルドが適任だ。

しかし、彼女がノームに囚《とら》われている今は橋渡《はしわた》しをすることが出来ない。

アクアスティードは、真剣な表情でノームに語りかける。

「ノーム、エメラルド姫の解放を。彼女には、ドワーフたちが避難出来る場所を用意してもらう」

『は、はいっ』

ノームがパチンと指を鳴らすと、地面からエメラルドの入った鉱石の牢屋《ろうや》が出てきた。

「——っ!?　シルフ!!　それに、アクアスティード陛下にキース様も！」

『エメラルド！　よかった、無事だったのね』

すぐさまシルフがエメラルドの下に駆《か》け寄《よ》ると、牢屋の扉《とびら》が開いてエメラルドはすんなりと解放された。

「シルフが助けてくれたの？　ありがとう、シルフ！」

エメラルドがシルフに抱きつくも、次の瞬間《しゅんかん》――エメラルドとシルフの立っていた地面がひび割れた。

思いのほか、炎霊の鉱石の力が失われるスピードが早いようだ。

「きゃあっ！」

『エメラルド⁉　風よ、舞《ま》いなさい！』

大地のひび割れにエメラルドが落ちそうになって、シルフが咄嗟《とっさ》に突風《とっぷう》を吹《ふ》かせる。するど、エメラルドの体が宙に浮いた。

『よかった』

「ありがとう、シルフ」

『でも、今は喜んでる場合じゃないの！　すぐに避難するわ！』

シルフはエメラルドに今の状況《じょうきょう》を説明し、動き始める。

その時、大きなパキッという音が響《ひび》いた。

『炎霊の鉱石が、欠けた⁉』

火が小さくなりはしていたが、鉱石部分が欠けるようなことは今までなかった。想定していたよりも、ずっと崩壊速度が速いようだ。

「まずい……！　早くしないと、全員が生き埋めに――‼」

言いかけたアクアスティードだったが、すぐ真上の天井の壁《かべ》が崩れてきたので言葉が詰まる。

手遅《ておく》れだったか――そう思い、しかし能天気な声に顔をひきつらせた。

「わ〜〜！　本当に地下に国がある、すごおーい！」

「アカリ様、早くアクアと合流を――」

「ティアラ？」

目の前に落ちてきた妻の姿を見て、アクアスティードは走り出す。その横には、アカリとエリオットとタルモもいる。

どうやらアカリの魔法で浮遊《ふゆう》しているようだが、速度が出ているため落下しているようにしか見えない。

どうやら、ラピスラズリで待機していたメンバー全員でここまで来たようだ。

同時に、ティアラローズの抱く娘《むすめ》の状態に気付く。

「アクア！　ルチアの魔力が……っ‼」

「ふえ、ふえぇんっ」

「魔力が暴走しかかっているのか。この状態で、よく保った」

ルチアローズが無事な姿を見て、アクアスティードはほっとする。しかし、今はゆっくりしている余裕《よゆう》はない。

「指輪にヒビが入っているので、これ以上はルチアの魔力を吸い続けることは無理です！炎霊の鉱石にルチアの火の魔力を吸わせることができるんじゃないかと思って……っ」

しかし、炎霊の鉱石にルチアローズの魔力を吸わせて、本当に大丈夫《だいじょうぶ》なのかティアラローズにはわからない。

「あぁーん、あーんっ」

崩れ落ちる岩の破片《はへん》が、ルチアローズの付けている守りの指輪のバリアで弾《はじ》かれる。その度に、指輪のヒビが大きくなる。

——もう、指輪が保たない！

「ルチア……っ」

ティアラローズが必死でルチアローズを抱きしめ、落ちつかせる。泣きわめいているよりは、魔力が暴走しにくいかもしれない。

突然の光景に目を見開き茫然《ぼうぜん》としていたノームは、ハッとする。

『まさか、ここでルチアローズが出てくるなんて』

これを奇跡《きせき》と言わず、なんと言えばいい。

『シルフ、ルチアローズと魔力を共鳴して！　そうすれば、ルチアローズの魔力を使って炎霊の火を復活させて――この崩壊も止めることが出来る!!』

いつもはぼそぼそ喋《しゃべ》るノームが、声を張り上げた。

シルフは一瞬戸惑《とまど》うも、ノームを信じてティアラローズの抱くルチアローズの下へと行く。

「シルフ様……！」

ティアラローズはびくっと体が跳《は》ね、どうしたらいいかわからずアクアスティードを見る。現状が、わからない。

『お願い、私とノームを信じ――』

「信じるよ」

アクアスティードは即座《そくざ》にシルフの言葉を信じ、微笑《ほほえ》む。

『――！　そんな、簡単に……？』

「嘘偽《うそいつわ》りのない王の言葉は、聞けばわかる。私も民《たみ》を大切に思う、同じ王だからね」

静かに紡《つむ》がれたアクアスティードの言葉に、シルフはぽろぽろ涙を流す。

『ありがとう……絶対に、みんなを助けなきゃ』

アクアスティードが決断すると、すぐ横にキースも立った。

「ティアラ、きちんと説明をする時間がないことは謝る。でも、今は信じてほしい」

「危なくなったら、俺が祝福でもなんでも使って絶対に止めてやる」

真剣なアクアスティードの言葉を聞き、ティアラローズは無意識のうちに慈愛《じあい》に満ちた微笑みを浮かべる。

「わたくしは、アクアとキースを信じています」

信じることに理由はいらないと、ティアラローズはシルフを見る。

「お願いします、シルフ様。そうすれば、この崩壊が止まり、ルチアも助かるんですよね？」

『ええ、そうよ。ルチアローズ様も、ちゃんと助かるわ！』

ティアラローズは深呼吸して、ルチアローズの手を握る。

『私の風よ、ルチアローズ様と共鳴しなさい！』

シルフが力強く叫《さけ》ぶと、周囲に強い風が吹いた。落ちている岩の欠片《かけら》や宝石が舞って、世界が開ける。

そして——シルフの魔力が、ルチアローズの魔力と共鳴する。

「ふえぇぇぇぇんっ！」

ルチアローズの魔力が一気に膨《ふく》れ上《あ》がって、まるで星が散ったように輝きだす。キラキラ光る娘を見て、ティアラローズは息を呑《の》む。

「ルチア……っ！」

これが最善の方法だとわかっているのに、苦しそうな声を上げるルチアローズを見るのは辛《つら》い。

——心臓がいくつあっても足りないわ。

『炎霊の鉱石よ、しばしその大きさを変えろ！』

ノームが炎霊の鉱石を手に取ると、火の勢いが一気に弱まった。ルチアローズが触れやすいように、少しだけ大きさを調整してくれたようだ。

『崩壊が始まったので、置いたままでも動かしても同じなので……お願いします』

大きな炎霊の鉱石より、小さくした方がルチアローズが触《さわ》りやすい。そう言って、ノームは炎霊の鉱石をルチアローズの前へ差し出した。

「ふえっ、あうぅっ、はぅ、はっ」

ルチアローズは魔力が一気に増えたことにより、苦しそうに浅い呼吸を繰《く》り返《かえ》している。悠長《ゆうちょう》にしている時間はない。

それはノームもわかったようで、『急いで！』と叫んだ
『これに触れてください。きっと、その強大な魔力も落ち着く……はずです。いえ、落ち着きます……』

「わかった」

先にアクアスティードが炎霊の鉱石を受け取り、今一度危険はないか確認《かくにん》する。先ほどと同じで、魔力を吸い取られる感覚に襲《おそ》われるが——それだけだ。

「ほかに危険もなさそうだな」

キースも同じように触れ、念の為《ため》にと確認してくれる。

アクアスティードは腰《こし》をかがめ、ティアラローズが抱くルチアローズと視線の高さを合わせる。

苦しそうにしている娘を見るのは、辛い。耐えるように唇《くちびる》を噛みしめて、アクアスティードは優しい声色《こわいろ》でルチアローズに声をかける。

「ルチア、この石に触れてごらん。そうすれば、魔力を吸い取ってくれる」

「あーうー？」

「大丈夫だよ、ルチア。私も、ティアラも、キースもついているから。アカリ嬢《じょう》も、近くで見守ってくれている」

だから不安になることはないと、アクアスティードは微笑む。

「ルチア、きっとすぐに辛いのがなくなるわ」

ティアラローズは泣くルチアローズの額にキスをおくり、アクアスティードとアイコンタクトをとって頷いた。

しかし炎霊の鉱石に触れるのが一瞬間に合わず、ルチアローズが付けていた二つの指輪が砕《くだ》け散《ち》った。

「――っ！」

ティアラローズは目を見開き、「ルチア！」と名前を呼ぶ。

一生指輪で抑《おさ》えられるとは思っていなかったけれど、こんなに早く壊れるなんて予想外にもほどがある。

「くそ、間に合ってくれ……！」

アクアスティードは急いでルチアローズの手を取り、一緒に炎霊の鉱石に触れる。

すると、爆発《ばくはつ》寸前だったルチアローズの魔力がぐんぐん炎霊の鉱石に吸い込まれていく。

先ほどまでの苦しそうな泣き顔も、穏やかになってきた。

「ふやぁ～」

ルチアローズは苦しいのがなくなったようで、落ち着いてきた。炎霊の鉱石は許容量が多いようで、まだ魔力を吸い続けているみたいだ。

ああ、よかった。――と、誰《だれ》もが安堵《あんど》する。

「ふふっ、私の作戦が大成功！」

上手くいったのを見たアカリが、るんるんスキップでティアラローズの下へやってきた。その後ろには、エリオットとタルモがいて、心配そうにこちらを見ている。

「アカリ様、ありがとうございます。ルチアの魔力が暴走しなくて、本当によかった」

ティアラローズは安心しきったせいで、腰が抜けたようにしゃがみ込む。それをアクアスティードが支え、「もう大丈夫だよ」と優しく微笑む。

「ありがとうございます、アクア」

そう言って、ティアラローズもへにゃりと笑う。

ひとまずの無事を確認できたキースは、アカリを見る。

「機転は利《き》いてるが、いったいどうやってここまで来たんだ？」

今世紀最大のどや顔をしているアカリに、キースが疑問を投げる。ここは、そう簡単に来られるような場所ではなかったはずだ。

「魔法で地面に穴を掘《ほ》ってみたら、強い魔力を見つけたのでそっち方向に進んでいったんです。そしたら見ての通り、ビンゴ！　だったんです！」

「――は？」

Ｖサインをするアカリに、キースは頭を抱《かか》えたくなった。普通《ふつう》、そんなことはしない。

聖なる祈りの力の使いどころが間違《まちが》っていると、そう言いたくなってしまうが――今回ばかりは助かった。

「なんともお前らしい方法だな……」

「えっへへぇ～」

「別に褒《ほ》めてるわけじゃないが……まあ、成功したからいいか」

キースはそう言って、ルチアローズを見る。

まだ炎霊の鉱石に魔力を吸われているので、しばらく魔力関連は落ち着きそうだ。

「ルチア、頑張《がんば》って」

「う～～っ」

アクアスティードはティアラローズの背中に手を添えて、ルチアローズの魔力が炎霊の鉱石に吸収されていくのを見守る。

つい先ほどまでは、ティアラローズもピリピリしていたルチアローズの魔力を感じていたけれど、それがだいぶゆるくなった。

――よかった、大丈夫そう。

ほろりと涙が零《こぼ》れそうになったティアラローズだったが、しかし次の瞬間に起こったことに――目を見開いた。

炎霊の鉱石が、ルチアローズの巨大な魔力に耐え切れず……砕け散った。

『――はい？』

ノームは、目が点になる。

『いや、え、嘘《うそ》……だって炎霊の鉱石は、代々のノームが大切にしてきた……命とも呼べる鉱石なのに』

壊れるなんて、そんなの誰が予想した？ 計画では、ルチアローズの魔力を炎霊の鉱石に注いだら、数百年分の魔力が回復する予定だったというのに。

あまりにもな出来事に、ノームは茫然と立《た》ち尽《つ》くす。必死で守ってきた炎霊の鉱石は、あっけなく壊れてしまった。

その様子を見たティアラローズは、なんて声をかければいいかわからずに、戸惑う。ただ、ルチアローズは苦しさがなくなったようで、落ち着いている。

ひとまずティアラローズがそのことにほっとしていると、突然アクアスティードに抱き上げられた。

「きゃっ！ あ、アクア⁉」

ティアラローズが驚《おどろ》いてアクアスティードを見ると、ひどく真剣で、焦りのまじった表情をしている。

「全員、退避《たいひ》だ‼」

「炎霊の鉱石が壊れたから、ここは崩壊するぞ！」

アクアスティードに続いてキースが声をあげ、これから起こることを全員に伝える。特に、事情をあまり飲み込めていなかったティアラローズやエリオットは事の重大さを知る。

「えええええぇぇぇっ⁉」

それは大変だと、アカリが叫ぶ。

「何それ、大変じゃないですか！　早く、早く逃げなきゃ‼」

しかし、今からこの地中深くにある地下の王国から脱出することなんて出来るのか？

と、アカリは頭の中でぐるぐる考える。

「アクア様、やばい、やばいですよ〜！」

アカリはどうしたものかと、あわあわする。

ここにいる自分たちだけであれば、急いで転移すれば逃げ切ることは出来るだろう。しかし、ドワーフ全員を避難させられるほどの時間があるかと問われたら――否。

「この幸せなゲームで、そんなエンディングは絶対に駄目！」

ドワーフも幸せにならなければと、アカリは考える。

そしてピコンと閃《ひらめ》いた。

「逃げてもドワーフの国が潰《つぶ》れちゃう……だったら、この炎霊の鉱石をどうにかくっつけてみたらどうですか⁉」

「えぇっ⁉」

アカリの無茶振りに、ティアラローズは驚く。

壊れてしまった鉱石のくっつけ方なんて、まったく想像ができない。そもそも出来たとしても設備が必要になるのではないか。

ティアラローズもいろいろと考えていると、アカリがノームにずばり聞いた。

「ノーム様、何か方法はないんですか⁉」

『えぇっ⁉』

アカリが壊れた炎霊の鉱石に絶望し倒れているノームを揺《ゆ》らして、「まだあきらめちゃ駄目ですよ！」と喝《かつ》を入れる。

「私はヒロインなんですから、絶対に大丈夫です！　私たちは死にません‼」

『えっあ、……はい……。ええと、えと、強い力を持った鉱石もしくは宝石があれば、ボクの魔法を使って炎霊の鉱石を修復出来ると思うけど……』

しかし残念ながら、そんなに都合のいいものはこの場にないのだ。

『そういう鉱石はとても珍《めずら》しくて、そうそう目にすることは出来ないいんだ。だから、炎霊の鉱石をくっつけることは不可能……。だから、逃げるしかない』

現実的ではないと言って、ノームはアカリを押し返す。このままここにいたら死んでしまうから、地上に戻れ——と。

そのくせ、ノームはこのまま残ってエルリィ王国と最期《さいご》を迎《むか》えるつもりのようだ。もう、ドワーフたちの避難までは間に合わないと悟《さと》っている。

しかしノームのその姿勢に、アカリは頬《ほお》を膨らます。

「死んじゃったら、何も出来ないのに……」

どうして命を大切にしようとしないのかと、アカリは拳《こぶし》を握りしめる。

けれど、仲間を救えないという現実は……確かにどうしようもない虚無感《きよむかん》を生んでしまうかもしれない。

生きていればハッピーエンド、というわけではない。なんとも難しい解釈《かいしゃく》だと、アカリも思う。

自分にもっと力があれば、エルリィ王国ごとノームを救うことが出来たのだろうかとアカリは考える。

「私、ヒロインなのに……なんの役にも立たないなぁ」

「……そんなことありません、アカリ様」

ティアラローズは珍しく落ち込んでいるアカリの肩《かた》に手を置いて、「大丈夫ですよ」と笑顔を作る。

「ティアラ様……」

ティアラローズはアクアスティードに下ろしてもらい、ルチアローズを抱いていてもらう。

アカリは涙ぐみそうになっていた目元を擦《こす》り、まじまじとティアラローズを見た。

「もしかして、ティアラ様に何か策があるんですか？」

「……一応」

「さ、さ、さ……さっすが、続編のメインキャラを落とした悪役令嬢《れいじょう》!! まさか打開策があるなんて、すごいですティアラ様〜〜！」

感極《かんきわ》まったアカリは、ティアラローズにぎゅうぎゅう抱きつく。これでドワーフたちを含《ふく》め、全員が助かるだろう。

しかし、いったいどうやって？ と、アカリは首を傾げる。

ティアラローズはもしものときのために……と、持ってきておいたものを取り出した。

きらりと光る、赤色の宝石。

「これで修復することは出来ないかしら」

『え……？』

ティアラローズが取り出したものを見て、ノームはがばっと起き上がりティアラローズの下へ転びそうになりながら駆け寄る。

長い前髪《まえがみ》を自分の手で上げて、両の目をくわっと開いてそれを見た。

『え、嘘……まさか、あのサラマンダー様が……泣いた、の？』

「わたくしはいただいただけだから、そこまではちょっと」

ノームの言葉に、ティアラローズは苦笑《くしょう》する。

『そう……ですか』

とても失礼なことを言っているが、確かに強気な彼女が涙を見せる場面はそうそうないだろう。

ティアラローズが見せたのは、以前サラヴィアから贈《おく》られた宝石──『サラマンダーの涙』だ。

「これを使って、炎霊の鉱石を修復出来ないかしら？」

『サラマンダーの涙であれば、出来ます。……でも、いいんですか？　これは、とても貴重な宝石です。もしかしたら、世界に一つしかないかも……』

ノームの震える声に、本当に貴重なものなのだとティアラローズは再認識《さいにんしき》する。

けれど、それが本当ならば──サラマンダーの涙は、今が使うべきときなのだろうとも思う。

「構いません。きっとこれは、今日のためにわたくしの下へ来たのよ」

『……ルチアローズを攫《さら》ったのはボクなのに、ありがとう、ありがとう……ティアラローズ』

ティアラローズからサラマンダーの涙を受け取り、ノームが立ち上がる。

『これで……炎霊の鉱石に、再び火をつけます』

「わたくしたちにも、お手伝いをさせてちょうだい」

『え……？』

そう言ってティアラローズは立ち上がると、アクアスティード、ルチアローズと一緒にサラマンダーの涙に触れる。

ルチアローズの魔力はサラマンダー由来のものなので、きっとノームが自分一人の魔力を使うよりは馴染《なじ》みやすいはずだ。

ティアラローズの様子を見ていたキースは、やれやれと頭をかく。

「本当にお人よしだな、ティアラ。仕方ないから、俺も手伝ってやる。さすがに国が一個潰れるとなると、後味が悪いからな。……木々よ、その根をはらせこの国を支え炎霊の玉座を作れ!!」

キースが大地に呼びかけると、木の根が崩れかけている岩を支えた。そしてしゅるりとツタが延《の》び、炎霊の鉱石を置くための玉座が出来上がる。

本来玉座はノームが座るものだが、炎霊の鉱石はノームの力の一部なので用意されたようだ。

「……まったく、ティアラには本当いつも冷や冷やさせられる」

「ごめんなさい、アクア」

「いいや。ルチアを守ってくれてありがとう、ティアラ」

アクアスティードは微笑んで、ティアラローズとルチアローズの手を取り、三人で炎霊の鉱石に触れる。

その上から、ノームも手をかざす。

『……エルリィ王国を支えし、歴代のノームの力よ。その輝きは絶対的な炎サラマンダーのお力により、蘇《よみがえ》るだろう。枯《か》れることのない、煌々《こうこう》たる炎を今一度この手に――』

ノームが唱え終わると、砕け散った炎霊の鉱石とサラマンダーの涙がキラキラ輝き始めた。そして体に襲いかかってきたのは、浮遊感。

崩れかけていた岩や鉱石の城が、逆再生をするようにゆっくりと元に戻っていく。

まるで、世界を作っているかのようだ。

そんな事情を一切《いっさい》知らず、崩れ始めた国に慌《あわ》てふためいていたドワーフたちは、いったいどういうことだとおろおろしている。

ただわかることは、自分たちは誰かに守ってもらっているということだろうか。元に戻る街の様子を見て、どこかほっとした表情をしているようだ。

炎霊の火があった場所の地面が盛り上がり、どんどん高さを増していく。あっという間に、エルリィ王国すべてを見渡《みわた》せる場所に来てしまった。

澄《す》んだ冷たい空気が、熱くなった体に気持ちいい。

「すごい光景ですね」

「まさか、こんな風に国が出来るなんて考えてもみなかったよ」

「きゃう〜」

アクアスティードに抱き寄せられて、ティアラローズはエルリィ王国を見渡す。こういう光景は、何度見ても胸にじんとくるものがある。

「あー、あー!」

「ルチアはここの景色が気に入ったのね」

「かなり高い位置にいるけど、ルチアは怖《こわ》くはないのかな……?」

下を見下ろすとくらりとしてしまいそうなほど高いのに、けろりとしているルチアローズはなかなか度胸があるようだ。

ティアラローズはアクアスティードに寄り添って、「パパがいるからですよ」と微笑む。

「わたくしも、アクアがいればどんなに恐《おそ》ろしいところでも……きっと怖くないです。アクアは絶対に、わたくしたちのことを守ってくれると信じていますから」

だからルチアローズも、こうして景色を安心して楽しんでいるのだろうとティアラローズは微笑む。

「ああ、必ず守るよ」

アクアスティードは微笑み返して、ティアラローズとルチアローズのこめかみに優しいキスを贈る。

さすがにみんながいるところなので恥《は》ずかしかったけれど、全員が新しく出来たエルリィ王国の景色に夢中で……誰も、こちらを見ていない。

――少しだけなら、いいかしら。

ティアラローズはルチアローズとラピスラズリで待っていたので、わずかな間だがアクアスティードとは離《はな》れていた。

そのため、やっぱり少し寂《さび》しかったのだ。

「……アクア」

「ん？　どうし――」

ちゅ、と。

軽く背伸《せの》びをしたティアラローズの唇が、アクアスティードの唇をかすめる。ティアラローズからの、不意打ちのキスだ。

しかしすぐに離れていってしまったので、触れていたのは本当に一瞬だけ。

「……私からも、キスしてもいい？」

「アクアは駄目です」

絶対に、ちょっとの時間では離してもらえないから。

頬を染めるティアラローズ見て、これは確かに歯止めが利かなくなってしまいそうだなとアクアスティードは苦笑する。

「あーうー？」

ティアラローズの行動を見ていたルチアローズが、手をばたばたさせてアクアスティードに抱きついた。

「ルチア？」

アクアスティードが娘の可愛い行動に頬を緩《ゆる》めると、先ほどのティアラローズと同じように……ルチアローズもアクアスティードの頬にちゅっとキスをした。

「ふふ、ルチアもパパが大好きだものね」

「あ～」

ティアラローズの問いかけに、ルチアローズが嬉しそうに頷いた。

「まったく……。二人にキスをしてもらったのに、私からは返しちゃいけないなんて拷問《ごうもん》じゃないか」

アクアスティードは笑って、ティアラローズとルチアローズの頭を撫でる。

「……帰ろうか。私たちの家に」

「はい」

そんなティアラローズの耳に、ノームの『ありがとう』という声が届いた。

第五章　二国の誓い

炎霊《えんれい》の鉱石が元に戻《もど》ったあと、ティアラローズたちは鉱石の城へとやってきた。そこで、ノームがお礼にとパーティーを開いてくれることになった。

街のドワーフたちも、元に戻った——いや、サラマンダーの涙《なみだ》を使いさらに美しくなった炎霊の火を見てどんちゃん騒《さわ》ぎをしている。

そんな中、ティアラローズとアカリとエメラルドはバルコニーでルチアローズが遊んでいるのを見守っていた。

その少し離《はな》れた場所では、タルモが護衛として控《ひか》えている。

「きゃう～！」

「わああ、すっごい迫力《はくりょく》……!!」

ルチアローズが、獅子《しし》の石像に乗ってはしゃいでいるのを見て、アカリが感嘆《かんたん》の声をあげる。ノームが作ってくれたもので、今にも動き出しそうなほど精密だ。

アカリはテンションを上げて、「私もほしい～！」と楽しそうにしている。

「こんなに迫力のある石像は、きっと世界中を探しても見つけられませんね」

エメラルドもアカリの意見に同意して、うんうんと頷《うなず》く。

「なかなか見る目がありますね、エメラルド様！」

「アカリ様も。今まであまり交流はありませんでしたが、ぜひフィラルシアにも遊びにきてください」

「きゃ～！　行きます行きま～す！」

アカリは嬉《うれ》しそうに返事をし、「今から楽しみ！」とフィラルシアに行くことを考えているようだ。

「もちろん、ティアラローズ様も」

「ありがとうございます。エメラルド様も、ぜひマリンフォレストへいらしてください」

「ええ、ぜひ！　マリンフォレストは海がとても美しく、妖精がいるのでしょう？　いつか、行ってみたいと思っていたんですよ」

目をキラキラ輝かせるエメラルドに、ティアラローズは「はい」と頷く。

「妖精にも会えると思います。そのときは、わたくしがマリンフォレストを案内いたしますね」

「楽しみですわ」

「あぁん、そのときは私も一緒《いっしょ》に行きます～！　マリンフォレスト大好き！」

すかさずアカリものってきて、いつか三人でマリンフォレストのカフェでゆっくりお茶をしようという約束をした。


ルチアローズが獅子の石像で遊んでいるのを見ながら、ティアラローズはここにいないアクアスティードとキースのことを思《おも》い浮《う》かべる。

二人は今、ノームたちと話をしている最中だ。さすがに、今回の件はなんのお咎《とが》めもなしというわけにはいかない。

ルチアを攫《さら》ったことは許されることではないけど――ノームの気持ちを考えたら、あまり重い処罰《しょばつ》を与《あた》えてほしくはない……。

けれど、それでは示しがつかない。

ルチアローズはマリンフォレストの王女で、王位継承《けいしょう》権第一位だ。もちろん、それだけではない。自分たちの大切な娘《むすめ》なのだから、怒《おこ》って当然だ。

ティアラローズは、そんな風に思う。

――とはいえ。

「穏便《おんびん》に済めばいいのだけれど……」

バルコニーでしばらく遊んでいると、ルチアローズの乗っている獅子の石像が動き出した。

「きゃーあ」

楽しそうに笑っているところを見ると、ルチアローズが自分で石像を動かしているのだろう。

「わああ、すごいわ。ルチアちゃんは、本当に魔法《まほう》がお上手なのね」

センスがあると、エメラルドが拍手《はくしゅ》をして褒《ほ》める。

「ありがとうございます。ルチアは、魔力《まりょく》を使って物を動かすのが得意なんです」

てっきり魔力で動かせるのはぬいぐるみだけだとティアラローズは思っていたのだが、まさか石像も動かせるなんて。子どもの成長はすごいと感心する。

――ああでも、ベッドを浮かしたこともあったものね。

それを考えると、何を動かしてもおかしくはない。

「はわあぁ～！　ルチアちゃん、めっちゃ格好いい！　私も獅子に乗りたいなぁ～」

「アカリ様はちょっと……」

一気にテンションを上げるアカリを見て、ついついそのシーンを想像してしまう。今のままでも大変なのに、獅子が加わったらハルトナイツの手にも負えなさそうだ。

ルチアローズが乗った獅子は、のっしのっしと歩いていく。そのままバルコニーをくるくる回るのかと思っていたら、室内――パーティー会場へと入ってしまった。

「あら、ルチアったらどこへ行くのかしら」

ティアラローズたちは、進んでいくルチアローズと獅子の後をついていく。

パーティー会場には招待されたドワーフたちがいて、楽しそうに歓談《かんだん》している。どうやら、人間の世界でいうところの貴族のような立ち位置にいるドワーフたちのようだ。

ルチアローズが獅子に乗って姿を見せると、ドワーフたちがわっと歓声《かんせい》をあげてこちらにやってきた。

「あなたが炎霊の火を復活させてくれたお姫様《ひめ》か！」

「その石像の獅子は、もしかしてノーム様がお作りに……？　とっても素敵《すてき》だわ！」

「ありがとう、あなたのおかげでエルリィ王国の火は復活したんだ！」

「ルチアローズ様、万歳《ばんざい》！」

ドワーフたちは口々にお礼を言い、ルチアローズを崇《あが》め称《たた》える。炎霊の火が、ドワーフたちにとってどれほど大事なものだったのかがよくわかる。

一躍《いちやく》人気者になってしまったルチアローズを見て、アカリが「すごいですねぇ」と嬉しそうに笑う。

「確かにルチアちゃんはノームに攫われて大変でしたけど、ドワーフたちにとっては英雄《えいゆう》ですね」

ルチアローズの暴走しかけた魔力も吸収してもらうが出来たし、結果だけ見ればよかったと言えるだろう。

「それにほら、ハラハラするようなイベントがあった方が楽しいじゃないですか！」

「それはアカリ様だけです！」

一緒にしないでくださいと、ティアラローズはすぐに反論する。確かにゲーム好きとしては楽しめるかもしれないが、母親としてはたまったものではない。

ティアラローズはため息をついて、「無事でよかったわ」とルチアローズを見る。

「あー？」

「なんでもないわ。ルチアはこの獅子がお気に入りなのね」

「あぅ～！」

ルチアローズは笑顔《えがお》を見せて、獅子をぺしぺしと叩《たた》いている。

――これは、お父様が対抗心《たいこうしん》を燃やしそうね。

この事実を知ったら、シュナウスも負けじと背中に乗れる大きなぬいぐるみを特注で作らせそうだ。

シュナウスなら本当にやりかねないと思わず想像して、ティアラローズは苦笑《くしょう》する。

「もう少し大きくなったら、この獅子に乗ってどこへでも行けますね」

「そんな恐《おそ》ろしいことを言わないでくださいませ、アカリ様……」

獅子に乗ってどこへでも行ってしまうお姫様なんて、大変どころの騒ぎではない。護衛騎士《きし》が馬で追いかけるところまで想像して、ティアラローズはぶんぶん首を横に振《ふ》った。

そんな雑談をしていると、入り口の辺りがざわめきだした。

アクアスティード、キース、ノーム、シルフが話し合いを終えて、会場に姿を見せたようで注目を集めているらしい。後ろには、エリオットも控えている。

ひとまず話し合いが無事に終わったようで、ティアラローズはほっと胸を撫《な》でおろす。

すぐティアラローズに気付いたアクアスティードが、こちらにやってきた。

「私が席を外している間は、何事もなかった？」

「はい。とはいっても、ルチアは注目の的になってしまいましたが」

そう言って、二人でドワーフたちに囲まれているルチアローズを見る。ドワーフたちはみんな友好的で、ルチアローズも嬉しそうだ。

「喋《しゃべ》ってる暇《ひま》はないぞ、アクア、ティアラ」

「キース！」

やってきたキースが、くいっと顎《あご》で待っているノームのことを示した。

これから挨拶《あいさつ》があるので、その場にマリンフォレスト王国からはティアラローズ、アクアスティード、キースが、フィラルシア王国からはエメラルドとシルフが同席することになっている。

内容は、アクアスティードたちが決めた罰《ばつ》の報告……と言ったところだろうか。

――わたくしは内容を知らないのよね。

けれど、ティアラローズは妃《きさき》としてアクアスティードの判断に従おうと思っている。

「お手をどうぞ、ティアラ」

「……はい」

アクアスティードのエスコートを受け、壇上《だんじょう》へと上がる。そのあとには、獅子に乗ったルチアローズとアカリもついてきた。

迎《むか》えてくれたノームは、ティアラローズとルチアローズに深々と頭を下げる。それを見た会場内のドワーフたちから、どよめきが起こった。

『……ルチアローズ、ティアラローズ。今回のことは、全面的にボクが悪かったです。自分たちのことしか、考えませんでした』

しばらく頭を下げた後、ノームはエメラルドに対しても頭を下げた。

『今回の数々の無礼、失礼いたしました。今まで助けてくれていたフィラルシアへ、最低なことをしたと思っています』

ノームの謝罪に、会場がしんと静まり返る。

鉱石の城に勤めていたメイドのドワーフたちなど経緯《けいい》を知っている者もいるが、ほとんどのドワーフたちはルチアローズが誘拐《ゆうかい》されたことは知らないのだ。

『ボクは……どうしても、誰《だれ》かに頼《たよ》るとか、相談するとか……そういうことが苦手です。全部、全部ぜんぶ、自分で出来ることは行ってしまえばいい……と、そう思っていました』

そんなとき、ノームを叱《しか》ってくれるのはシルフだけだ。

シルフの顔を思い出して、自分は酷《ひど》いことをしてしまったのだなと改めて悔《く》やむ。けれど、過ぎ去った時が戻ることはない。

前髪《まえがみ》で隠《かく》れて見えないノームの目頭《めがしら》が、じわりと熱くなる。

『ボクはルチアローズが火の魔力を持っているのをいいことに、誘拐して炎霊の火を復活させようと……考えました』

ノームの告白に、どよめきが大きくなる。

まさか、自分たちが知らないうちにそんな大事になっていたなんて、と。

ドワーフたちはどうしたものかと、周囲の者と視線を交《か》わす。けれど、答えなんてすぐに出てくるわけがない。

だってドワーフたちは、鍛冶《かじ》をする自分たちにとって――ノームにとって――炎霊の火が、どれほど大事なものかを知っているから。

『……結果として、ルチアローズの力により炎霊の火は復活しました。けれどそれは、ルチアローズをはじめ、アクアスティード……アクアスティード陛下と、妃のティアラローズ殿下《でんか》、そして森の妖精王キース殿下のご配慮《はいりよ》あってのことです』

ノームはアクアスティードの前に立ち、今一度深く腰《こし》を折る。

『改めてこの場で宣言します。エルリィは、炎霊の火を持ってマリンフォレスト王国を支えていくことをここに誓います』

「その誠意、受け取りました。マリンフォレストは、エルリィ王国との絆《きずな》を大切にするとここに誓いましょう」

思いもよらないノームの告白に誰もが言葉を失ったけれど、少しずつ会場の中に拍手の音が響いてくる。

それはどんどん大きくなって、エルリィ王国中へ広がった。

『友好の印に、ルチアローズ様にこれを』

「これは、ネックレス……？」

『はい。炎霊の火の、火花の宝石を加工して作ったものです。ボクがルチアローズ様にあげたものを、加工しました』

ルチアローズがノームに連れられ、初めて炎霊の火の前に行ったときに散った火花の宝石だ。

ノーム自らが作った、炎霊の宝石の花のネックレス。赤い色の宝石がキラキラ輝《かがや》いて、とても可愛《かわい》らしい。

ルチアローズが身に着けたら、きっと似合うだろう。

「ありがたく頂戴《ちょうだい》しよう。感謝します」

『ルチアローズ様のご成長を、心からお祈《いの》りします』

ノームは微笑《ほほえ》んで、『ありがとうございました』とこの場をまとめた。


パーティーが終わり、ティアラローズとアクアスティードは鉱石の城のゲストルームで落ち着くことが出来た。

ルチアローズはたくさん遊んだので、疲《つか》れてベッドで眠《ねむ》っている。

「……どうなることかと思いましたが、無事に終わってよかったです。それに、ルチアの魔力も落ち着きましたね」

「そうだね。それが一番の収穫《しゅうかく》……かな」

アクアスティードはソファへ深く腰かけて、息をつく。しかし結果こそよかったものの、ルチアローズを攫われてしまった事実が消えるわけではない。

マリンフォレストへ戻ったら警備の見直しをしなければならないが、精霊が襲《おそ》ってきたときの対応をしろと言われても難しいだろう。

戻ったら、課題が山積みだ。

目に見えて疲れているアクアスティードに、ティアラローズはどうしようとおろおろする。

――わたくしも手伝いたい。

けれど、ティアラローズが出来ることはそう多くない。城の警備面などはティアラローズではわからないし、逆に迷惑《めいわく》をかけてしまいそうだ。

ティアラローズが悩《なや》んでいると、「どうしたの？」と逆に心配されてしまった。

「……疲れているアクアの力になりたいと思ったんですけど、わたくしに出来ることはあるかなと思って」

「私はいつも、ティアラに助けてもらってばかりだよ？」

そう言って、アクアスティードがティアラローズの肩《かた》に寄りかかってきた。頰《ほお》にダークブルーの髪《かみ》がかかって、なんだかくすぐったい。

「アクア……」

「私が甘えられるのは、ティアラだけだからね」

「……っ」

「ティアラが隣《となり》にいるだけで疲れが吹《ふ》き飛《と》んで元気になるし、幸せだ」

アクアスティードの視線がティアラローズを捉《とら》え、とびきりの笑顔を見せてくれた。とたんに顔が、赤くなる。

——それは、わたくしの台詞《せりふ》なのに。

ティアラローズも、肩の力を抜《ぬ》いてアクアスティードに寄《よ》り添《そ》う。

「二人——ルチアと三人でいたら、ずっと元気で幸せに暮らせますね」

「ああ。ずっと一緒だ」

「……はい」

ゆっくり近づいてくるアクアスティードの顔を見ながら、ティアラローズは目を閉じてキスを受け入れる。

「ん……」

ティアラローズがアクアスティードの背中に腕《うで》を回すと、それを合図とでも言うように口づけが深くなる。

「あ……んっ」

食べられているみたいだと、そう思ってしまう。

けれど、こんなキスは……久しぶりだ。

ルチアローズが攫われてからゆっくりする時間なんてなかったし、今回は離れている時間もあった。

——ここは、マリンフォレストじゃないのに。

さすがに鉱石の城でこれ以上いちゃいちゃするのは、そう思いながらも……ティアラローズはアクアスティードを抱《だ》きしめる腕の力を緩《ゆる》められなかった。


鉱石の城で一日、フィラルシア王国で数日過ごし、ティアラローズたちはマリンフォレストへ帰る準備が整った。

そのころに、馬車で追いかけてきたフィリーネが合流した。ルチアローズの無事な姿を見て号泣《ごうきゅう》し、何度もよかったと繰《く》り返《かえ》している。

用意された馬車を見ながら、アカリがしょんぼりとしている。

「もう帰らなきゃいけないなんて……。もっとティアラ様たちと一緒にいたいし、エルリィ王国を探検して私の剣《けん》を作ってもらおうと思ってたのに!!」

「アカリ様……」

いやいやと首を振るアカリに、ティアラローズはそんなに魔法剣士《けんし》になりたかったのかと苦笑する。

「また遊びに来ましょう。エルリィ王国は周知されていない国ですから、わたくしたちが率先《そっせん》して交流していくことが大切です」

もしかしたら、突然《とつぜん》表に出てきたことをよしとしない他国から反発などがあるかもしれない。

そうなったときに、マリンフォレストとラピスラズリが味方であるという事実は大きい。

どうしても、ドワーフを異質だと受け取ってしまう人はいるだろうから。

ティアラローズがそう説明すると、アカリは力強く頷いた。

「そうですね。ラピスラズリの地下にもエルリィ王国の鉱山部分が多くあるみたいですし、正式な出入り口を作るのもいいかも。ううん、作ります！　ラピスラズリは腕のいい職人が多いから、きっとドワーフたちとも相性《あいしょう》がいいです！　さっそく取りかからなきゃ！」

ラピスラズリは珊瑚《さんご》などを加工する職人の腕がいいため、ドワーフが武器などを作り、装飾《そうしょく》を職人が行うのもいいと判断したようだ。

確かに、今までとは違《ちが》った素晴《すば》らしいものが出来るだろう。

アカリのテンションが一気に高くなったので、ラピスラズリへ帰ってからが大変そうだなとティアラローズは想像する。

　特に、振り回されるであろうアカリの周囲の人たちが……。

「ティアラローズ様、アカリ様」

「エメラルド姫！」

　名前を呼ばれたので振り返ると、エメラルド、シルフ、ノームの三人が見送りにきてくれていた。

　エメラルドはティアラローズの手を取り、「ありがとうございました」と笑顔をみせる。

「わたくし、たくさんお世話になってしまいましたね。ティアラローズ様たちがいらっしゃらなかったら、どうなっていたか」

「いいえ、エメラルド様。もとはといえば、わたくしがちゃんとお話ししておけばよかったのです」

　むしろ、エメラルドを巻き込んでしまったので、こちらが謝罪するべきなのに。ティアラローズが申し訳なさそうにすると、エメラルドは微笑んだ。

「精霊のことでしたから、仕方ありませんわ。わたくしだって、シルフの存在を誰かに話すつもりはありませんでしたから。それはティアラローズ様も同じでしょう？」

　エメラルドの言う通りなので、ティアラローズも頷くしかない。

けれどこれからは、ドワーフの存在が周囲から認められ周知されていく。そうしたら、精霊という存在に辿《たど》り着《つ》く人もいるかもしれない。

——もちろん、公表するつもりはないけれど。

サンドローズでも、サラマンダーの存在は国家機密になっていた。おいそれと、精霊がいますとは言えないのだ。

ティアラローズが考え込んでいると、エメラルドが「二人とも」と後ろにいたシルフとノームを前に押し出してきた。

「シルフ様、ノーム様」

『ありがとう、エルリィ王国を救ってくれて。……それと、時間がないのを理由にして、無理やりルチアローズ様と共鳴しちゃってごめんね』

『ボクも……謝って許されるものでもないかもしれないですけど……すみませんでした』

シルフとノームの二人は、改めてきちんとティアラローズにお礼と謝罪をしたかったようだ。

「お二人のそのお言葉だけで、十分です。結果としてルチアは魔力が落ち着いたので、わたくしもお礼を言わせてください。ありがとうございます、シルフ様」

『……あなた、よくお人好《ひとよ》しって言われない？』

「言われ……るかも、しれませんね」

　ティアラローズはシルフの言葉に笑って、その後ノームに向き直る。

「ノーム様も国を守るために、王としてご判断されたのですよね。それはきっと、辛《つら》いものがあったと思います」

『ティアラローズ……』

　それぞれ大切なもののために動き、今は反省している。それを考えると、何かを言うことなんて出来るわけがない。

　ティアラローズが微笑んでみせると、ノームはティアラローズにぎゅっと抱きついた。

『ありがとう、ティアラローズ。ボクは、絶対にこれからも味方でいます。……何かあれば、いつでも頼ってください』

「……はい。ありがとうございます、ノーム様」

　少し鼻をすする音と、心からの謝罪。

　土の精霊が味方になってくれるなんて、なんと心強いのだろうか。

　ノームはティアラローズから離れると、控えていたドワーフのメイドたちを呼んだ。その手には、箱を持っている。

『ティアラローズはお菓子《かし》作りが好きだと聞いたので、その……ボクが全身全霊《ぜんしんぜんれい》を込めて作ったお菓子用の調理器具を……どうぞ』

「え……」

まったく予想もしていなかった展開に、ティアラローズは目をぱちくりさせる。

——ノーム様が全身全霊を込めて作ったお菓子作りの道具⁉

そんなの、素晴らしいの一言しか出てこない。

というより、ノームの腕前《うでまえ》を調理器具に使ってしまっていいのだろうかと考える。

あまりの出来事にフリーズしてしまってティアラローズを見て、ノームは気に入らなかったのだろうかと心配になる。

『ええと……クッキーやケーキの型がほとんどですけど、スプーンやクリームを絞《しぼ》るものと大きいものも作りまし……た』

メイドが箱を開けて、ティアラローズに中を見せてくれた。

「すごい……」

ノームは簡単に『型』と一言ですませたけれど、とても細かく作られている。一流の職人でも、ここまでのものを作ることはできないだろう。

——まるで神の御業《みわざ》のよう。

「ありがとうございます、ノーム様。大切に使わせていただきます」

『……はい』

ティアラローズが嬉しそうに礼を言うと、ノームも笑顔を返してくれた。笑ったのを見るのは、初めてだ。

話がひと段落したところで、ルチアローズを抱いたアクアスティードと、一緒にキースがやってきた。

そろそろ、出発する時間のようだ。

『キース様！』

シルフはキースを見つけると、その腕に飛びついた。

『もう帰っちゃうなんて、寂《さび》しくて死んじゃいそう……。私も一緒に、マリンフォレストに行こうかなぁ？』

『シルフ⁉』

「来るな」

シルフの言葉に、ノームは驚《おどろ》き、キースは面倒臭《めんどうくさ》そうに手を振り払った。素っ気ないキースの言葉に、シルフは頬を膨《ふく》らませる。

『だって、キース様は私の運命の人なのに』

「勝手に俺を運命に巻き込むな。大人しく、フィラルシアでノームの手伝いでもしてろ」

『そんなぁ……』

はっきりと拒絶《きょぜつ》され、シルフはしょげる。キースはそれ以上何も言わず、その場から離れてしまった。

その様子を見ていたティアラローズは、シルフに声をかけようとして――やめる。

――なんて言ったらいいか、わからない……。

キースにもう少し考えろなんて押し付けるようなことは言いたくないし、かといってキースの気持ちが向いていないのにシルフに頑張《がんば》れとも言いたくはない。

普段《ふだん》はこれでもかとアクアスティードに甘やかされているため忘れがちだが、恋《こい》は難しいものだと――ティアラローズは寂しげに微笑むしかなかった。

ノームはアクアスティードの抱くルチアローズの下へ行くと、膝《ひざ》をついた。

『ルチアローズ、ノームとドワーフたちは、いつでもあなたを救世主として迎え入れよう。そしていつか……ボクに、あなたの剣を打たせてほしい』

「あうぅ～？」

「ありがとうございます」

ルチアローズはきょとんとしていて、ノームの言葉の意味はわかっていない。代わりにアクアスティードが返事をし、礼を述べた。

「そろそろ、時間のようです。今度はぜひ、マリンフォレストにもいらしてください」

『ありがとうございます。お誘《さそ》い、とても嬉しいです』

いつもなら引きこもって剣を打っていたいと思うノームだが、アクアスティードからの誘いは純粋《じゅんすい》に嬉しいと思った。

「それではまた」

『……はい。道中、どうぞお気をつけて』

別れの挨拶をして、ティアラローズたちはフィラルシア王国を後にした。


「んー、やっと戻ってきたか」

馬車から降りたキースはぐぐっと伸《の》びをして、固まった体をほぐしている。人間はよく長時間馬車に乗っていられるよな……という言葉とともに。

ティアラローズは苦笑しながら、「お疲れ様です」と馬車を降りる。最後に、ルチアローズを抱いたアクアスティードも馬車から降りた。

ルチアローズは疲れたようで、うとうとしている。

「――おかえり」

全員が馬車から降りると、クレイルが転移で姿を見せた。

「無事に戻ってこられて、なによりだ。事情はキースから聞いているから、説明はいらない」

「ああ、すべて片付いた。今後は、マリンフォレストにドワーフたちが来ることもあるだろう」

ますます賑《にぎ》やかになりそうだと、アクアスティードは微笑む。

「にしても、ここでルチアの魔力問題が片付くとはなぁ……」

いいことだが、祝福を贈《おく》るタイミングを完全に見失ったとキースは頭をかく。……まあ、きっとこの先の人生で必要になるときがくるだろう。

キースはアクアスティードの腕の中で寝《ね》てしまいそうなルチアローズの頬に、指先で触《ふ》れる。むにむにだ。

「うぅ……？」

「キース、そんなことをしたらルチアが起きる」

アクアスティードがキースの手を振り払おうとすると、その指をルチアローズの小さな手が摑《つか》んだ。

「ルチア？」

思いがけない行動に、どうしたのだろうとアクアスティードがルチアローズの顔を覗《のぞ》き込む。

すると、花がほころぶように笑った。

「ぱーぱぁ！」

「……っ‼」

娘の突然の言葉に、アクアスティードは息を呑《の》む。

今まで喋ることは出来なかったのに、ちゃんと言葉を発するのはこれが初めてかもしれない。アクアスティードが感動に震《ふる》えていると、ティアラローズが隣にやってきた。

「はわわわ、ルチアが、ルチアが……っ」

ティアラローズは感動して、瞳《ひとみ》がうるうるしている。この日を、この瞬間《しゅんかん》を、いったいどれほど待ち望んでいたか。

するとルチアローズが、今度はティアラローズへ手をのばす。

「まぁまっ」

「ルチア……っ！」

パパだけではなく自分のことも呼んでくれたことに、ティアラローズの目に薄《う》っすらと嬉し涙が浮かぶ。

まだまだ赤ちゃんだと思っていた娘は、こんなにも立派に成長していた。

「アクア、アクアのことをパパって呼びましたね」

「ティアラのことも、ママって呼んだね」

二人で顔を見合わせて微笑み、ルチアローズを抱きしめる。こんなに可愛く呼ばれたら、長く乗っていた馬車の疲れも吹き飛んでしまうというものだ。

「俺は呼んでくれないのか？　ルチア」

「あー？」

キースが不貞腐《ふてくさ》れた顔で、ルチアローズの顔を覗き込んだ。どうやら、同じように呼んでほしいらしい。

「ほらルチア、キースだ、キース。言えるか？」

「きー……ちゅ？」

「おおっ！　呼べるじゃねえか」

いい子だと、キースはルチアローズの頭を撫でる。

「きーちゅ！」

「おう」

ルチアローズに名前を呼んでもらえて、キースはにこにこだ。

そしてそれを見ていたフィリーネとエリオットが、こちらにダッシュでやってきた。

「ルチアローズ様、わたくしはフィリーネです」

「私はエリオットですよ」

「もう、二人とも」

名前を呼んでほしくてたまらないフィリーネとエリオットに、ティアラローズは笑う。

けれど期待を込めて、ルチアローズを見る。

「ふぃーね、えいえい！」

「はいっ、フィーネですよルチアローズ様〜！」

「えいえい……⁉　私の名前は呼びにくいんですかね……」

フィリーネは大喜びし、エリオットは何とも言えない顔をしたが、すぐに笑顔になった。

何よりも、呼んでもらえたことが嬉しいのだろう。

それから、クレイルもひょっこり顔を出した。何も言いはしないけれど、呼んでほしそうにしているのはわかる。

ティアラローズはルチアローズの名前を呼んで、顔をクレイルへと向ける。

「ルチア、クレイル様よ」

「くえいゆ？」

ルチアローズが名前を呼ぶと、クレイルが頬を緩める。表情こそあまり変わらないが、嬉しかったようだ。

「上手に呼べたわね、ルチア」

「これなら、あっという間に喋れるようになれそうだね」

「はい」

きっとこうして、毎日出来ることが増えていくのだろう。

ルチアローズの成長がまだまだ楽しみだと、ティアラローズたちは微笑んだ。

エピローグ

家族の穏やかな日々

ティアラローズたちの頑張《がんば》りがあり、エルリィ王国は崩壊《ほうかい》することなくかつての賑《にぎ》わいを取《と》り戻《もど》した。

修復された炎霊《えんれい》の鉱石は街の中心に置かれ、その火で街を煌々《こうこう》と照らしドワーフたちのことを見守っている。

そして、以前と大きく変わった点が一つ。

エルリィ王国が他国と交流を持ち始めたため、多くの人間が訪《おとず》れているということ。フィラルシアの国民がほとんどだが、ラピスラズリや近隣《きんりん》からも訪れているようだ。

『ううう、まさかこんなに忙《いそが》しくなるなんて……鍛冶《かじ》の時間がまったくとれない』

鉱石の城で、ノームは机の上にたまった書類を横目につっぷしてしまう。こんな量の書類仕事があるなんて、考えてもみなかった。

『やっぱり、ボクは交流なんてしないで引きこもって鍛冶をしてる方が性《しょう》に合《あ》っているんだ。どうしてこんな……』

ノームがぶつぶつ言いながら泣きそうになっていると、勢いよく扉《とびら》が開いてシルフがやってきた。

『仕事ははかどって——その書類の山じゃ、全然進んでなさそうね』

『………』

ジト目で見てくるノームに、シルフはやれやれと肩《かた》をすくめる。

『ボクにはこんな量、無理だ……』

早く鉱石を打ちたいと、ノームの叫《さけ》び声《ごえ》が鉱石の城にこだました。

エルリィ王国からマリンフォレストへ戻り、数か月。

ティアラローズたちは、のんびりした毎日を送っていた。

「まぁまっ、ぱぁぱっ」

ルチアローズがソファでくつろぐティアラローズとアクアスティードのところへ、手を伸《の》ばしながらよちよち歩いてきた。

「上手に歩けたわね、ルチア」

「おいで」

ティアラローズとアクアスティードが手を伸ばすと、ルチアローズが飛び込んでくる。目を細めて嬉《うれ》しそうに笑う様子は、とても可愛《かわい》らしい。

「まぁまぁ～」

ルチアローズはティアラローズにぎゅうっと抱《だ》きついて、頭をぐりぐりしてくる。どうやら、遊んでほしいようだ。

ルチアローズの魔力《まりよく》はあれ以来すっかり落ち着き、上手《うま》くコントロールが出来ている。見ると、室内に置いてあったぬいぐるみと、ノームからもらった獅子《しし》の石像が動いてこちらへ歩いてきていた。

「私も一緒《いっしょ》に遊びたいけど、そろそろ仕事に戻らないと」

「ああ……ドワーフを招待して、技術指南をしてもらう件ですか？」

「そうだよ。エルリィ王国は表に出てきたばかりだから、一つずつ慎重《しんちょう》に進めているんだ」

ノームやドワーフたちが不快にならないように、その技術をよからぬ人間にそそのかされて奪《うば》われないように。

多少大変ではあるけれど、マリンフォレストの発展につながるため頑張っているようだ。

——そういえば、最近は仕事の終わりが遅《おそ》い……。

「アクア、頑張りすぎには気を付けてくださいね？　体調を崩《くず》しては大変です」

ティアラローズが心配そうにアクアスティードの顔を覗《のぞ》き込むと、何の前置きもなく唇《くちびる》にキスをされた。

「……！」

「ティアラが可愛くて、つい」

そう言って、アクアスティードは笑う。すると、ルチアローズが「ぱぁぱ」とアクアスティードのことを呼ぶ。

「もちろん、ルチアも可愛いよ」

アクアスティードはルチアローズの頰《ほお》にキスをして、頭を撫《な》でる。ルチアローズはきゃっきゃと喜んで、花のような笑顔《えがお》を見せてくれた。

「それじゃあ、仕事に戻るよ。ルチアをよろしくね、ティアラ」

「はい。いってらっしゃいませ、アクア」

「いってくる」

今度はいってきますのキスをして、アクアスティードがソファから立ち上がる。

「ルチア、一緒にパパを見送りましょうね」

「あいっ」

これからも続くであろう穏やかな日々に、ティアラローズは幸せを感じた。

あとがき

こんにちは、ぷにです。『悪役令嬢《れいじょう》は隣国《りんごく》の王太子に溺愛《できあい》される11』、オーディオドラマ付き（帯をチェック）で発売です！　お手に取っていただきありがとうございます。

コミカライズの七巻（漫画《まんが》：ほしな先生/B's-LOG COMICS）は、十二月にドラマCD付の限定版と通常版の二種類で発売しました。

小説、コミック、オーディオ、全部楽しんでいただけると嬉《うれ》しいです。

そして怒涛《どとう》の精霊回《せいれいかい》です。新しい国に、ルチアローズの成長と、アクアスティード&キースコンビと、いろいろ書いていて楽しい巻でした。

編集のY様。今回もたくさんのアドバイス、本当にありがとうございます！

成瀬《なるせ》あけの先生。初のカラーキースにドキドキしております。ありがとうございます！

本書の制作に関わってくださった方、お読みいただいた読者の方、すべての方に感謝を。

それではまた、次巻でお会い出来ますように。

ぷにちゃん

番外編

二人きりで甘い甘いひと時を

ノームからお菓子《かし》用の道具をもらったティアラローズは、マリンフォレストに戻《もど》るなりすぐさまキッチンへと向かった。

ここは王城にあるティアラローズ専用のキッチンで、一通りの調理器具などは揃《そろ》っている。というのも、アクアスティードがお菓子作りが好きなティアラローズのために用意してくれたからだ。


「さてと、何を作ろうかしら……」

ティアラローズはノームからもらった製菓《せいか》道具を一つずつじっくり確認《かくにん》していく。

たくさんあるものはクッキーの型で、種類が多い。ほかにはケーキ型も様々なサイズが取《と》り揃えられており、至《いた》れり尽《つ》くせりだ。

「……あら？　この大きな部品みたいなものは何かしら」

どうやら複数のパーツを組み立てなければならないようで、すぐに使うことができない。

——でも、こんな大きな製菓道具って何かしら。

考えてもいまいちピンとこないので、とりあえず組み立ててみることにした。幸い、組み合わせる場所などは分かりやすく作られている。

もくもくと組み立てること、十分。

「……ふう、なかなかに大きいものが出来たわ。でも、これって——もしかしてもしかしなくても、あれよね？」


アクアスティードが仕事を終えて部屋の扉《とびら》を開けると、甘い香りが鼻孔《びこう》をくすぐる。どうやら、ティアラローズがお菓子を作ったようだ。

——今日は何を作ってくれたんだろう？

「ただいま、ティアラ」

「あ！　おかえりなさい、アクア」

部屋に入ると、愛《いと》しい妻が満面の笑《え》みで迎《むか》えてくれた。それだけで、今日一日の仕事の疲《つか》れが吹《ふ》っ飛《と》んでしまう。

「ルチアはあまりお昼寝《ひるね》をしなかったので、今日はもう寝《ね》てしまったんですよ」

嬉《うれ》しそうに報告する妻に、愛しさが込み上げる。

――抱《だ》きしめたい。

そんな衝動《しょうどう》に駆《か》られて、アクアスティードはティアラローズへ手を伸《の》ばす。そのまま抱きしめようとして、テーブルの上に置かれていたあるものに意識を持っていかれた。

「ティアラ……これは？」

テーブルの上のものを気にしつつも、しっかりとティアラローズを抱きしめ、アクアスティードはその正体を問いかける。

ティアラローズは、アクアスティードを抱きしめ返しながらその答えを教えてくれた。

「これは、チョコレートファウンテンです！」

六十センチほどの高さの五段のオブジェから、甘い香りのチョコレートが噴水《ふんすい》のように流れている。

ティアラローズは説明するために、アクアスティードから離《はな》れてテーブルの横へ行ってしまった。

しかしその目が嬉しそうにキラキラしているので、抱きしめるのは後にしようと思う。

「フルーツやクッキーを、このチョコレートにつけて食べるんですよ」

「へぇ、面白《おもしろ》いね」

「まさか、ノーム様がこんなすごいものを作ってくださったなんて……びっくりしました。魔道具《まどうぐ》になっているので、いつまでも温かいチョコが流れているんですよ」

ティアラローズはチョコレートファウンテンだけではなく、一緒に食べるためのクッキーもノームがくれた型で作ったと説明する。

「見てください、この細やかな模様のクッキー！」

こんなすごいものを作れるのは、世界中を捜《さが》してもそういないとティアラローズは力説する。

クッキーはフィラルシアで見た風車小屋の形をしており、可愛《かわい》らしい花も咲《さ》き、丁寧《ていねい》にデザインされていた。

――確かに、これほど細かいクッキーの型は初めて見た。

見た目が美しいとは、まさにこのことだろう。

ティアラローズは手に取ったクッキーにチョコレートをつけて、はしゃぐ。

「わたくし、世界一幸せですね。この素晴《すば》らしい製菓道具で作ったお菓子を、大好きなアクアと一緒《いっしょ》に食べられるんですから」

幸せすぎてとろけてしまいそうだと、ティアラローズが微笑《ほほえ》む。

――ああもう、またそんなに可愛いことを言って。

「それなら、私だって同じだよ。ティアラと一緒にいられるだけで、幸せだ。となると、お菓子を食べたら……さらに、かな？」

アクアスティードはティアラローズがクッキーを持つ手を取り、自分の口元へと持っていき、そのまま食べた。

チョコレートに付けるためのクッキーやフルーツが甘いからか、チョコレートはビターだった。

――食べやすいし、美味《おい》しい。

何度ティアラローズのお菓子に胃袋《いぶくろ》を摑《つか》まれればいいのだろうと思いつつ、アクアスティードもクッキーを手に取りチョコレートを付ける。

「今度は私が食べさせてあげる番だね」

「え……っ⁉」

自分から勝手に食べに行ったけれど、ティアラローズが手に持っていたので結果的には食べさせてもらったのとあまり変わりはないだろう。

そんなずるいことを考えながら、アクアスティードはティアラローズにクッキーを食べさせる。

恥《は》ずかしそうにしつつも、お菓子を食べたい欲望が強いからか、割とすぐに食べてくれた。

「んん〜っ、美味しい」

ティアラローズの頬《ほお》が緩《ゆる》み、クッキーに夢中だ。

それならもう一枚食べさせてあげようと、アクアスティードは同じようにクッキーにチョコレートを付ける。

「……あ」

やらかしてしまった。

「アクア？」

「うっかり指先にチョコが付いたみたいだ。上手《うま》く付けるのは、なかなか難しいね」

「あ……。フルーツはフォンデュフォークにさしているんですが、クッキーはさせないのでそのままにしてあるんです」

やっぱりクッキーはそのまま食べた方がよかっただろうか？　と、ティアラローズが悩《なや》んでいる。

「構わないよ、チョコを付けたクッキーは美味しかったし、指に付いたチョコだって舐《な》めればいい」

そう言って、アクアスティードはチョコレートの付いた指を舐める。

――ほろ苦いのに、甘い。

「このままでも、十分美味しいね。ティアラもどう？」

少しの悪戯心《いたずらごころ》が芽生え、アクアスティードはまだ少しだけチョコレートの付いた指先をティアラローズの口元へ持っていく。

「え、えっ⁉」

ティアラローズは手で口元を押さえ、一瞬《いっしゅん》で頰を赤く染めた。

「美味しいよ？」

「で、ですが、その……」

アクアスティードが笑みを深めて近づくと、ティアラローズが後ずさる。どうやら、逃《に》げているつもりらしい。

——でも、ティアラは押しに弱いから……。

少しうつむきながら、アクアスティードは「一緒に味わいたかったな」と小さな声をもらす。こう言うと、優《やさ》しいティアラローズは嫌《いや》と突《つ》っぱねることが出来ない。

「あ……っ」

——ほら、優しい。

ティアラローズが真っ赤になりながらも、アクアスティードの指先にキスをしてくれる。

正確には、指に付いたチョコレートにだけれど。

「美味しい……？」

「苦くて、でも……甘いです」

美味しいと、ティアラローズが微笑む。

「でも、これは恥ずかしいからもう駄目《だめ》ですよ！」

「それは残念」

アクアスティードはくすくす笑い、今度はフォークにさしてある苺《いちご》にチョコレートを付けて食べてみる。

「チョコが合わないフルーツなんて、なさそうだ」

「どれも美味しいですよね」

もう普通《ふつう》に食べられると安心したティアラローズは、アクアスティードの言葉に同意しながらクッキーを手に取った。

「これからはいつでもチョコレートファウンテンが出来ると思うと、嬉し――あ」

「あ……」

アクアスティードは思わず、自分の口元を手で覆《おお》う。でなければ、にやけてしまったのがばれてしまう。

「ティアラの指先にも付いちゃったね、チョコ」

「……っ！」

食べてあげる――と、アクアスティードはティアラローズの指先を口に含《ふく》んでぺろりと舐める。

「あああ、あ、あくあっ」

ティアラローズの指先をちゅうと吸うと、耳まで真っ赤になった。

——こんな反応、可愛いだけだ。

むしろこちらを増長させてしまうということに、なぜ気付かないのか。

——私としては、嬉しいけど。

「美味しいね、ティアラ」

こうして二人きりの甘い夜は、更《ふ》けていった。

■ご意見、ご感想をお寄せください。
《ファンレターの宛先》
〒102-8177 東京都千代田区富士見2-13-3
株式会社KADOKAWA ビーズログ文庫編集部
ぷにちゃん 先生・成瀬あけの 先生

B's-LOG BUNKO
ビーズログ文庫

●お問い合わせ
https://www.kadokawa.co.jp/（「お問い合わせ」へお進みください）
※内容によっては、お答えできない場合があります。
※サポートは日本国内のみとさせていただきます。
※Japanese text only

悪《あく》役《やく》令《れい》嬢《じょう》は隣《りん》国《ごく》の
王《おう》太《たい》子《し》に溺《でき》愛《あい》される 11

ぷにちゃん

2021年1月15日 初版発行

発行者　青柳昌行
発行　株式会社 KADOKAWA
〒102-8177 東京都千代田区富士見2-13-3
（ナビダイヤル）0570-002-301

デザイン　島田絵里子
印刷所　凸版印刷株式会社
製本所　凸版印刷株式会社

ISBN978-4-04-736094-5 C0193

定価はカバーに表示してあります